비밀 정원의 기적

초등 교과 과정 연계

두리번 20 #기후변화 #식량위기 #공생

비밀 정원의 기적

이병승 글 · 최산호 그림

서유재

| 차례 |

식량 위기

너무 배가 고파서 일찍 깼다. 거실로 나가니 엄마가 베란다
에 쪼그려 앉아 화분을 보고 있었다. 방울토마토와 블루베리가
말라비틀어졌다.

"……다 죽었어."

엄마가 턱을 괸 채 슬픈 얼굴로 말했다. 며칠 전엔 꽃이 피었
다고 좋아했던 엄마였다. 그런데 갑자기 폭설이 내리고 강추위
가 몰아닥쳤다.

"날씨가 미쳤어."

나는 엄마의 등을 보며 말했다. 먹을 게 없어서 이런 작물이
라도 키워 보겠다던 엄마의 꿈이 부서졌다.

"흙이 문제야······."

"물 주면 살아날지도 몰라."

소미가 물컵을 들고 와서 화분에 부었다. 그런다고 죽은 생명이 살아나진 않을 것이다.

"이미 늦었어, 소미야."

그래도 소미는 고집스럽게 입술을 꼭 다문 채 또 물을 가져다 부었다.

"기적이라는 것도 있잖아. 어쩌면 살아날지도 몰라."

나는 소미의 헝클어진 머리를 손으로 쓸어 모은 다음 고무줄로 묶어 주었다. 하지만 자꾸 머리카락이 삐져나왔다. 아무리 예쁘게 하려고 해도 잘 안 됐다.

"아파······."

"미안."

다시 머리를 풀어서 묶어 주려고 하는데 소미가 말했다.

"배고파."

나는 소미에게 눈치를 주었지만 소미는 아랑곳하지 않았다. 지금 배가 고프다는 말을 하면 엄마 마음이 얼마나 아플지 소미는 모른다. 하긴 이제 겨우 다섯 살밖에 안 된 아이에게 그런 걸 기대하는 건 무리다.

엄마가 주방으로 가서 쌀통을 열었다. 쌀이 한 줌밖에 안 됐다. 엄마가 나를 돌아보며 말했다.

"민달아, 쌀 좀 사 올래?"

피켓을 든 사람들이 소리치며 도로를 점령한 채 행진하고 있었다.

"배고파서 못살겠다!"

"정부는 식량을 공급하라!"

"식량 위기 몰고 온 정부와 기업은 책임져라!"

"식량난민 추방하라!"

피켓에는 빨간 페인트로 쓴 무서운 문장들이 피처럼 흘러내렸다. 피켓을 든 어른들은 금방이라도 폭발할 것처럼 화가 나 있었다. 무장한 경찰들이 도로를 가로막았다. 여기저기서 폭발음이 들리고 연기가 솟았다. 사람들의 함성이 더욱 커졌다.

나는 골목으로 숨어들어 갔다.

쌀을 사려면 식량배급소까지 가야 한다. 일반 쌀의 절반 가격으로 비축미를 살 수 있기 때문이다. 몇 년 묵은 쌀이기 때문에 냄새도 나고 가끔 벌레도 나오지만 가난한 사람들은 그것도 감지덕지다.

미로처럼 이어진 골목 여기저기 부랑자들이 쓰러져 있었다. 눈치를 보며 몸을 틀어 피해 갔다. 그중에는 갓난아이를 안고 접시에 든 밥을 먹고 있는 아줌마도 있었다. 반찬은 단무지뿐이었다. 아줌마는 팔로 접시를 감싸며 경계의 눈빛으로 나를 쳐다봤다. 나는 식량배급표를 손에 꼭 쥔 채 아줌마 눈치를 보며 옆으로 지나갔다. 아이가 우는데도 혼자 밥을 먹는 아줌마 표정이 좀 이상했다. 정상이 아닌 것 같았다. 갑자기 돌변해서 나에게 덤벼들지도 모른다고 생각하니 식량배급표를 쥔 손에 힘이 들어갔다. 나는 뛰기 시작했다.

식량배급소 앞에는 이미 줄이 길었다. 배급소 직원이 줄을 똑바로 서라고 소리쳤다. 새치기하지 말라며 서로 짜증내는 어른들도 있었다. 배급소에서 멀지 않은 길가엔 쌀을 산 아줌마들이 웃돈을 받고 팔려고 늘어섰다. 엄마 말에 의하면 그 아줌마들은 쌀장사로 돈을 버는 부자들에게 돈을 받고 일하는 거라고 했다. 배급소 직원이 저리 가라고 소리쳐도 가는 척 시늉만 할 뿐이었다.

나는 줄을 서서 차례가 되기를 기다렸다. 손가락만 한 배급표에는 도장이 찍혀 있었다. 지난달에 쌀을 샀다는 표시였다.

한 달에 한 번밖에 살 수 없고 살 수 있는 양도 정해져 있다.

뗏국물이 흐르는 얼굴에 지저분한 옷을 입은 아이가 내 쪽으로 허겁지겁 오더니 몸을 부닥쳤다. 나는 녀석과 함께 넘어졌다.

"아, 미안!"

녀석이 미안하다며 내 옷의 흙을 털어 주려고 했다. 괜찮다고 했지만 녀석은 호들갑스럽게 미안하다며 자꾸 내 몸에 손을 댔다.

"정말 됐다고!"

나는 녀석을 밀어냈다. 녀석이 갑자기 돌아서서 뛰기 시작했다. 순간, 나는 손에 쥐고 있어야 할 배급표가 사라진 것을 깨달았다.

소매치기!

아뿔싸, 당했다. 나는 녀석의 뒤를 쫓아 뛰었다. 녀석은 사람들이 복잡하게 얽혀 있는 틈을 파고들어 쏜살같이 달렸다. 나도 있는 힘을 다해 뒤쫓았다. 녀석이 생쥐처럼 골목으로 숨어들어 갔다. 그 길이라면 잘 안다. 나는 큰길로 앞질러 가서 녀석이 나오게 될 골목으로 뛰어들어 갔다.

"헉!"

나를 향해 달려오던 녀석이 놀라서 눈이 커졌다. 뛰는 걸 멈추고 무릎을 짚더니 숨을 헐떡이며 나를 노려봤다. 녀석의 손에는 내 배급표가 쥐어져 있었다.

"내놔."

내가 손을 내밀며 다가갔다.

"안 돼. 오늘 한 개도 못 했단 말이야. 빈손으로 가면 난 맞아 죽어."

숨을 고르고 있는 녀석의 얼굴을 보니 생김새와 피부색이 우리나라 아이가 아닌 것 같았다.

"너 혹시 식량난민이냐?"

내가 물었다.

"아니."

"베트남? 아니면 필리핀? 맞지?"

"아니라고!"

녀석이 소리쳤다.

"엄마가 베트남이긴 하지만 난 한국에서 태어났어. 한국 사람이야. 지금은 엄마도 아빠도 없지만……."

"거짓말하지 마."

"아, 지겨워. 그래, 어차피 난 어려서 주민등록증도 없으니까 내 말을 증명할 수는 없어. 하지만 난 한국 사람이야."

"그렇다고 쳐도 소매치기가 용서되는 건 아냐. 얼른 배급표 내놔. 쌀을 갖고 가지 않으면 우리 식구가 굶어야 한다고!"

"에잇!"

녀석이 달려들어 나를 밀치고 도망치려 했다. 하지만 녀석은 나보다 몸집이 작고 왜소했다. 나는 온 힘을 다해 녀석을 붙잡았다. 몸싸움을 하다가 녀석을 넘어뜨렸다. 녀석을 깔고 앉아 우격다짐으로 손에 쥔 배급표를 빼앗았다. 녀석은 분하다는 듯 입술을 깨물더니 뭐라고 소리를 질러 댔다. 알아들을 수 없는 외국어였다. 나는 녀석을 뒤로한 채 뛰었다.

다시 식량배급소에 돌아온 나는 아까보다 더 길어진 줄의 끝에 섰다. 며칠 전엔 영하로 떨어졌던 날씨가 이젠 너무 더웠다. 땡볕에 서 있으려니 온몸에 열이 나고 어지러웠다. 바닥에서도 뜨거운 열기가 올라왔다.

한참 만에 내 차례가 되어 배급표에 도장을 받고 들어가 쌀을 샀다. 엄마의 카드 잔액은 얼마 남아 있지 않았다. 한 달도 버티기 힘들 것 같았다. 다음 달에 쌀을 살 수 있을지 의문이었다. 어쩌면 엄마는 쌀장수에게 배급표를 팔아야 할지도 모른다. 그전에 아빠한테 연락이 올까? 아직까지 아무 소식이 없는 걸

보면 아빠도 힘든 거겠지?

묵직한 쌀봉지를 들고 걸으니 더욱 땀이 났다. 한참을 걸어가고 있는데 아까 그 녀석이 다시 나타났다.

앞을 가로막고 선 녀석의 눈빛이 섬뜩했다.

"왜 또?"

나는 뒤로 주춤 물러섰다.

"저 녀석이에요!"

녀석이 손가락으로 나를 가리키며 뒤를 돌아보았다. 녀석의 뒤에 얼굴이 까맣고 키가 큰 남자가 서 있었다. 한눈에 봐도 소매치기 두목 같았다. 단추를 풀어헤친 셔츠 자락을 펄럭이며 내 쪽으로 다가왔다. 눈 밑에 거미인지 전갈인지 모를 문신이 꿈틀거렸다.

"아, 안 돼요!"

나는 돌아서서 도망치려 했지만 단숨에 뒷덜미를 잡혔다. 두목이 나를 바닥에 패대기쳤다. 쌀봉지가 바닥에 떨어졌다. 터진 봉지에서 쌀이 흘렀다. 나는 손바닥으로 쌀을 쓸어 담았다. 두목은 나를 내려다보며 기다렸다가 다시 쌀봉지를 빼앗았다.

쌀봉지를 놓지 않으려고 매달려 보았지만 소용없었다. 나는 뺨까지 몇 대 얻어맞고 바닥에 쓰러졌다.

"응우야, 쌀 받아라."

두목이 명령하자 녀석이 와서 쌀봉지를 받았다. 두목이 내 주머니를 뒤져 엄마 카드를 빼앗았다. 응우라고 불린 녀석은 눈치를 보며 곁눈으로 나를 힐끗 봤다. '배급표만 뺏기는 게 나았지?' 하고 말하는 것 같았다. 두목이 응우의 어깨를 감싸쥐고 길 저편으로 사라지는 동안 나는 바닥에서 일어나지도 못했다.

쌀과 카드까지 빼앗긴 나는 비참하고 분하고 울화통이 터졌다. 무엇보다 쌀이 오기를 기다리고 있을 소미와 엄마를 생각하니 눈물이 날 것만 같았다.

"민달아, 어떻게 된 거야?"

빈손으로 돌아온 나를 보고 엄마는 소스라치게 놀랐다. 내 어깨를 잡고 더 다친 데는 없는지 살폈다.

"괘, 괜찮아."

"그만하길 다행이다. 다행이야."

엄마가 나를 끌어안았다. 엄마의 심장 박동이 고스란히 온몸으로 전해졌다. 나는 참았던 눈물이 왈칵 쏟아졌다.

"세상이 이렇게 험해졌는데 혼자 심부름을 보낸 엄마가 잘못이야. 넌 잘못한 거 없어."

엄마가 나를 다독였다.

말없이 보고 있던 소미가 다가와 팔을 뻗어 나와 엄마를 감싸안았다.

"나 이제 배 안 고파."

소미가 거짓말을 했다.

엄마는 여러 날을 고민하고 또 고민하는 것 같았다. 몇 달째 집에 오지 못하고 있는 아빠와도 긴 통화를 했다. 그러더니 나를 불러 앉혔다.

"아무래도 우리 이사 가야 할 것 같아."

"이사? 어디로?"

"외할아버지 사시는 곳으로."

우리는 외할아버지를 한 번도 본 적이 없다. 먼 시골에 혼자 살고 계신다는 말만 들었을 뿐이다.

"외할아버지가 워낙 괴팍하신 분이라 맘에 좀 걸리지만 지금은 달리 방법이 없어. 여기보단 훨씬 나을 거야. 집 바로 뒤에 산이 있어서 캐 먹을 것도 있고 바다도 가까워."

"바다?"

엄마가 방긋 웃었다. 하얀 이가 꼭 파도의 하얀 물결 같았다.

"엄마 수영 잘해. 어쩌면 바다에서 물질을 할 수도 있을 거야."

"그럼 생선도 먹을 수 있어?"

"응."

엄마의 말에 소미가 눈을 반짝였다. 입을 벌리고 두 손을 모아 쥐며 발까지 동동거렸다.

"새우도? 오징어도? 조개도?"

"아마도?"

"가자!"

내 말에 소미가 벌떡 일어나 두 주먹을 움켜쥐었다.

하지만 지금 산과 바다가 있는 곳으로 간다고 정말 맛있는 걸 먹을 수 있을까? 산도 바다도 괜찮을 리 없었다. 하지만 엄마는 이미 결정한 것 같았고 다른 방법이 있는 것도 아니어서 그냥 좋아하는 척했다. 무엇보다 소미를 실망시키고 싶지 않았다. 외할아버지 집에서 살게 되면 월세는 안 내도 될 테니 그건 다행이라고 생각했다.

이상한
할아버지

엄마가 짐을 싸라며 여행 가방을 꺼내 주었다. 소미와 나는 어리둥절했다. 해외여행 갈 때 쓰던 가방으로 이삿짐을 싸라는 엄마가 이상하다고 생각했다.

"우리 이사 간다며?"

"짐을 너무 많이 싸 들고 가면 할아버지가 안 받아 줄지도 몰라. 버럭 화부터 낼 수도 있어."

"난 이해가 안 되는데?"

엄마는 어떻게 설명해야 하나 잠시 고민하더니 최대한 간단하게 말하겠다는 듯 입을 열었다.

"할아버지는 물건 사는 걸 정말 싫어했어. 완전히 망가져서 고쳐 쓸 수 없을 때까지 썼고 옷도 걸레가 될 때까지 입었어. 엄마는 할아버지 눈치가 보여서 사고 싶은 게 있어도 사지 못했어."

"가난했어?"

"아니."

"소비가 재앙을 불러온다고 믿었거든."

"환경운동가야?"

"어쩌면…… 아니, 그보단 더한…… 뭐랄까? ……아무튼 이 삿짐을 잔뜩 싸 들고 가면 안 봐도 뻔해. 우리가 이런 재앙의 시대를 살게 된 게 바로 너희들처럼 아무 생각 없는 놈들 때문이다 하면서 호통을 칠지도 몰라. 아마 집으로는 들어가 보지도 못하고 쫓겨나고 말걸?"

할아버지는 어떤 분일까 호기심과 두려움이 생겼지만 그보단 빨리 짐을 싸야 했다.

가방 하나에 이삿짐이라니 가져갈 수 있는 게 별로 없었다. 책상, 책장, 침대, 의자, 소파, 텔레비전, 냉장고, 에어컨, 세탁기, 건조기 같은 것들은 모두 포기해야 했다. 팔 수 있는 건 중고로 팔았다.

엄마는 옷장을 열어 놓고 가져갈 옷을 고르느라 한참을 들었다 났다 했다. 예쁘다고 사서 모았던 주방용품들을 아까운 눈빛으로 만지작거렸다.

소미는 신발장 앞에서 좋아하는 운동화를 가져가겠다고 떼를 썼다. 추억의 장난감도 모두 버려야 한다고 하자 끌어안고 울었다.

우리는 여행 가방을 하나씩 끌고 기차를 타러 갔다. 역 앞에는 노숙자들이 가득했다. 계단에 누워 있거나 그늘진 응달에 초점 없는 눈으로 멍하니 쪼그려 앉아 있었다.

"배고파요!"

"뭐라도 좀 주세요!"

내 또래의 아이들이 따라붙으며 구걸을 했다. 엄마는 난처한 표정으로 발걸음을 빨리했다.

갑자기 도로에서 요란한 굉음이 들렸다. 돌아보니 승용차와 트럭과 버스가 연달아 충돌해 연기를 뿜어내고 있었다.

"큰일이네. 정비도 안 한 차를 끌고 다녀. 조심해야 돼. 어디서 차가 덮칠지 몰라. 알았지?"

엄마가 사고 현장을 보며 중얼거렸다. 나는 소미의 어깨를 끌어당겼다.

기차가 출발했다. 창밖으로 지나가는 풍경을 멍하니 바라보았다. 도시를 벗어나자 넓은 평야가 나타났다. 예전엔 논이었던 곳이 황량한 벌판으로 변해 있었다.

"흙의 성분이 변해서 농작물을 심어도 자라지 않는대. 정말 큰일이야. 앞으로 어떻게 될지……."

엄마가 걱정 가득한 눈으로 말했다.

"엄마 과자…… 먹고 싶은데……."

열차 안으로 간이매점 카트가 지나가자 소미가 엄마 눈치를 살피며 중얼거렸다.

나는 소미 옆구리를 찔렀다. 소미는 과자 값이 얼마나 비싼지 모르는 걸까?

소미가 고개를 숙였다.

침묵이 이어졌다.

열차 중앙 천장에 붙어 있는 모니터에서 공익 광고가 흘러나왔다. 여기저기서 지겹도록 본 영상이었다.

인류가 하루 세끼를 먹은 건 그리 오래된 일이 아닙니다. 과거의 인류는 매일 사냥을 해서 하루의 끼니를 해결했습니다. 사냥에 성공하면 배불리 먹을 수 있었지만 실패하면 굶어야 했습니다. 우리는 가짜 배고픔과 진짜 배

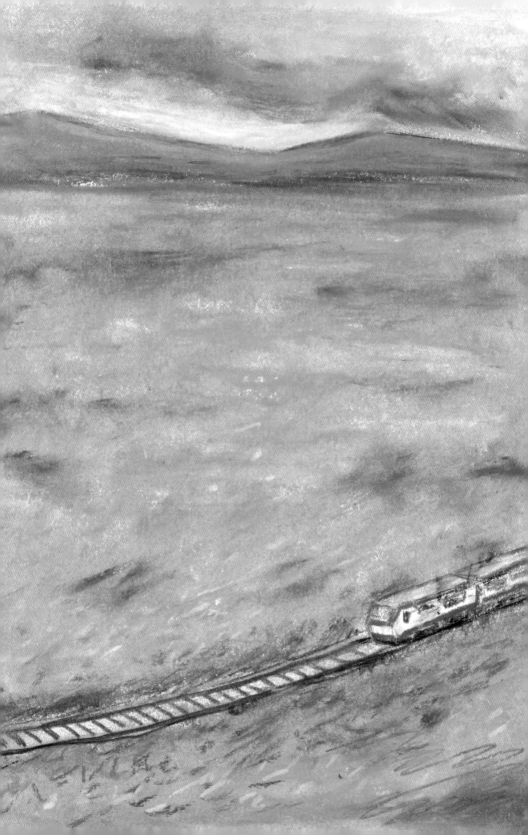

고픔을 구별할 줄 알아야 합니다. 가짜 배고픔에 속지 않으려면 명상이 좋은 해결 방법입니다. 눈을 감고 따라해 보시기 바랍니다. 먼저 숨을 길게 내뱉습니다.

나는 영상을 보다가 잠이 들었다. 갑자기 요란한 소리가 나서 눈을 뜨니 앞 칸에서 군인들이 건너오고 있었다. 어깨에 총을 멘 군인들이 매서운 눈으로 승객들의 행색과 얼굴을 훑으며 걸어왔다.

"아빠?"

소미가 몸을 일으키며 말했다.

"아빠 아냐."

소미는 군인들의 얼굴을 확인하더니 실망해서 다시 의자에 축 늘어졌다.

군인들이 우리 앞쪽 자리에서 걸음을 멈췄다. 군인이 승객에게 신분증을 요구했지만 내놓지 못하자 눈빛이 달라졌다.

"식량난민은 수용소로 이송합니다."

군인이 눈짓하자 부하들이 승객을 잡아 일으켰다. 다급해진 승객은 군인을 뿌리치고 달아나려 했지만 몇 발자국도 못 가 붙잡혀 바닥에 찍혀 눌렸다. 승객은 악을 쓰며 저항했다. 우리

말이 아니어서 하나도 알아들을 수 없었다.

　나는 소미를 안고 손바닥으로 눈을 가렸다. 승객들은 식량난민이 끌려가는 것을 당연하게 여겼다. 자기 집 주방에 들어와 몰래 음식을 훔쳐 먹던 도둑이 잡혀가는 것처럼 생각하는 것 같았다. 소란했던 열차 안이 다시 조용해졌다.

　기차역에서 내린 우리는 마을 버스 정류장으로 갔다. 세 시간을 기다린 후 '초속면'이라고 적혀 있는 버스를 탔다.

　구불구불한 도로를 달린 버스는 '내강리' 정류장에 멈췄다.

　우리는 여행 가방을 끌고 또 걸었다. 시골 마을을 지나 산 쪽으로 걸었다.

　　이곳은 사유지입니다
　　외부인 접근 금지

　팻말이 보였고 주변에 초록색 철망으로 된 울타리가 숲으로 이어져 있었다.

　"들어가자."

　엄마가 심호흡을 하고는 앞장섰다. 자갈을 깔아 놓은 길은 약

간 언덕이었다. 자갈에 여행 가방의 바퀴가 걸려서 덜컹거렸다.

날카로운 창을 덧대어 만든 것처럼 생긴 대문이 우리 앞을 가로막았다. 그 너머에 공포 영화에 나올 것 같은 음산한 저택 같은 집이 보였다. 엄마는 문에 달린 동그란 쇠고리를 흔들어 요란한 소리를 냈다.

얼마 후 현관문이 열리더니 누군가 나왔다. 키가 크고 깡마른 할아버지였다. 희고 긴 머리는 뒤로 넘겨 묶었고 턱은 희끗 희끗한 수염으로 덮혔다. 여기저기 천을 덧대어 엉성하게 기워 놓은 바지는 백년은 입은 듯 보풀까지 잔뜩 일어나 있었다.

"저분이 할아버지야?"

"응."

엄마가 대답하며 마른침을 삼켰다. 할아버지는 말없이 우리를 내려다봤다. 뾰족한 매부리코 위에 걸친 두꺼운 뿔테 안경 속 눈이 차갑게 번뜩였다.

"아, 아버지."

엄마가 두 손을 모으고 고개를 숙였다. 처음 보는 엄마의 모습이었다. 할아버지는 얇은 입술을 꽉 다문 채 아무 말도 하지 않았다.

"……도, 도와주세요. 날 싫어하는 거 알아요. 하지만 그땐 누구라도 그랬을 거예요."

"……."

엄마는 다시 애원했다.

"용서가 안 된다면 저는 그렇다 치고 애들만이라도 받아 주세요. 애들은 죄가 없잖아요. 부탁이에요."

할아버지는 나를 빤히 내려다봤다.

"아, 안녕하세요."

나는 고개를 숙이면서 소미의 머리를 건드려 인사를 시켰다.

할아버지가 휙 돌아서더니 집 안으로 들어갔다. 아무 말 없었지만 엄마는 허락이라고 생각했는지 서둘러 가방을 끌고 할아버지의 뒤를 따랐다.

현관문을 열고 들어가자 어둑한 실내가 나타났다. 살림살이나 가구라고 할 만한 게 없었다. 군용 침대 같은 것이 하나 놓여 있었고 찬장에는 몇 개의 그릇과 냄비가 보였다.

할아버지는 주방 구석에서 포대 하나를 번쩍 들었다. 쌀인가 싶었는데 엄마 앞에 쿵 하고 내려놓은 건 강아지 사료였다.

그러고는 서늘한 눈빛으로 우리를 보더니 밖으로 나가 버렸다.

"설마, 이걸 먹으라는?"

나는 의아해서 엄마를 바라봤다. 엄마는 입술을 꼭 깨물더니 희미하게 웃었다.

"맞을 거야."

"지, 진짜?"

"우릴 사람 취급 안 하겠다는 거지. 문전박대 받을 각오는 했
지만 예상보다 훨씬 세네……."

소미는 포대에 그려진 귀엽게 웃고 있는 강아지를 한참 동안

보았다.

"강아지가 먹을 수 있으면 사람도 먹을 수 있는 거 아닐까?"

내가 말했다. 소미가 코끝을 찡그리며 인상을 썼다.

"걱정 마. 엄마가 그걸 먹게 하진 않을 거야."

엄마의 눈빛이 활활 타올랐다.

비밀 정원

"바다에 가 보자."

우리는 엄마 뒤를 따라 걸었다. 시멘트 길을 따라 한참을 걸었지만 도무지 바다가 보일 것 같지 않은 분위기였다.

"이쪽이 맞아?"

"응…… 맞아."

"바다가 있을 것 같지 않은데?"

"이 길이 분명 맞는데…….

엄마는 초조한 얼굴로 빨리 걸었다. 그러다 걸음을 멈추고 주위를 둘러보았다.

"이상하네."

엄마는 계속해서 걸었다. 수영복과 갈아입을 옷이 든 작은 가방이 엄마 어깨에 걸린 채 흔들렸다. 손에는 갈고리와 작은 칼도 쥐고 있었다. 물고기를 잡든 조개를 캐든 뭔가 먹을 것을 구해 주겠다며 의기양양하게 들고 온 것이었다.

콘크리트 벽을 따라 걷던 엄마가 또다시 걸음을 멈췄다.

"왜?"

"파도 소리 들리지?"

귀를 기울여 보니 정말 파도 소리가 들렸다. 짭조름한 소금 냄새도 나는 것 같았다.

"설마?"

엄마가 고개를 들어 회색빛 콘크리트 벽을 올려다보았다. 사람 키 두 배쯤 되는 높이의 벽이 끝없이 이어져 있었다.

엄마가 무언가를 찾아 걸음을 재촉했다. 벽에 붙어 있는 철제 사다리가 나타났다.

"여기서 기다려."

엄마가 사다리를 타고 올라갔다. 엄마가 벽 너머를 바라보며 소리쳤다.

"바다야!"

"진짜?"

나는 소미에게 위험하니 기다리라 하고 사다리를 타고 올라
갔다.

엄마 말대로 망망대해가 펼쳐져 있었다.

"벽이 아니라 방파제였어. 마을이 바다에 잠기지 말라고 쌓
아 놓은 것 같아."

"와!"

어느새 소미가 궁금함을 참지 못하고 사다리를 타고 올라와
내 손을 붙잡고 섰다.

엄마 입가에 미소가 번졌다.

"좋았어!"

엄마가 수영복으로 갈아입고 물안경을 썼다. 바다로 들어가
려고 준비운동도 했다.

"조금만 기다려. 엄마가 기가 막힌 해산물 뷔페를 먹여 줄게!"

반대편 사다리를 타고 바다 쪽으로 내려가려는데 느닷없는
고함 소리가 들렸다.

"들어가면 안 돼요!"

돌아보니 내 또래의 소년이 손을 휘저으며 달려오고 있었다.
소년은 마을 주민인 것 같았다. 달려온 소년은 엄마에게 자기
팔을 내밀었다.

"들어가면 이렇게 돼요."

소년의 팔은 피부가 이상하게 변해 있었다. 두드러기인지 화상인지 모르겠지만 어쨌든 정상은 아니었다. 색깔도 검붉고 울퉁불퉁했다.

"이게 바다 때문이라고?"

"네."

"그럼 왜 팔만 그래?"

"온몸이 이렇게 돼서 죽은 사람도 있어요. 저는 실험 삼아 한 팔만 넣었다가 이렇게 된 거예요."

엄마와 나는 할 말을 잃었다. 한껏 기대에 부풀었던 우리는 맥이 빠져서 바닥에 주저앉았다. 소미는 제발 아니길 바라는 마음으로 우리를 쳐다봤다.

"죽은 사람은 너무 배가 고파서 바다로 뛰어들었대요. 죽을 때 죽더라도 실컷 먹고 죽겠다고…… 하지만 먹지도 못했을 거예요."

"왜?"

"지금 바다엔 먹을 만한 게 없어요. 바다 생물도 죽거나 병들었대요. 아무튼 바다엔 들어가면 안 돼요. 어른들 말로는 전쟁 때문에…… 핵폭탄, 방사능 어쩌고…… 하던데요?"

머리 위에서 뜨거운 해가 이글거렸다.

"저기 산밑 할아버지네 온 거야?"

소년이 내게 물었다.

"응."

"그렇구나."

소년이 고개를 끄덕였다. 그리고 우리를 유심히 보며 중얼거렸다.

"그럼 소문이 사실이야?"

"소문?"

"비밀 정원 말야."

"비밀 정원?"

"할아버지는 집에서 나오지도 않고 마을 사람들하고 인사도 안 해. 근데 그 집 근처에서 가끔 진하고 달콤한 과일 냄새가 나. 어른들 말로는 비밀스럽게 작물을 키우는 것 같다고 하던데?"

"비밀스럽게?"

"예를 들면 수박만 한 딸기라든가…… 참외만 한 쌀이라든가…… 고기 냄새가 나는 열매라든가…… 그런 것 말이니?"

엄마가 소년에게 물었다.

"네!"

소년이 엄마에게 맞다고 고개를 끄덕였다. 나는 엄마를 바라봤다.

"옛날에 할아버지가 그런 말을 하곤 했어. 미래를 대비해 그런 연구를 해야 한다고…… 아무도 믿지 않았지만…… 설마 그 연구가 성공했다고?"

엄마는 믿을 수 없다는 듯 중얼거리더니 소년에게 말했다.

"근데 넌 여기서 뭘 하고 있는 거니? 바다는 먹을 것도 없고 위험하다며?"

"지켜보고 있어요."

"뭘?"

"조금씩 바다가 높아지고 있거든요. 전에는 보이던 바위가 이제 안 보여요."

소년이 멀리 바다에 솟아 있는 거친 바위 쪽을 가리키며 말했다.

"자세히 봐야 보여요. 그리고 오래 봐야 보여요. 어른들 말로는 언젠가 바다가 마을을 삼킬 거래요."

소년의 말대로 바다를 오랫동안 바라봤다. 하지만 아무리 봐도 바다 수면이 올라오는 건지 아닌지는 알 수가 없었다. 바다

엔 고깃배도 없고 갈매기도 없었다. 저 멀리 수평선 쪽의 하늘
엔 검붉은 구름만 소용돌이치고 있었다.

"봉구야!"

멀리서 소년을 부르며 어떤 아저씨가 다가왔다. 봉구라고 불
린 소년은 손을 흔들어 보이며 방파제에서 내려갔다.

"우리 아빠야. 또 보자."

엄마는 바다를 포기하고 산으로 갔다. 조금 깊은 숲속으로
들어간 엄마는 막대기에 줄을 묶은 다음 바구니를 엎어서 막대
기로 받쳤다. 그 아래 강아지 사료 몇 알을 뿌렸다.

엄마는 긴 줄을 잡고 조금 떨어진 나무 뒤에 몸을 숨겼다. 나
와 소미는 엄마 옆에 바짝 붙어 앉아 숨죽여 바라보았다.

"어릴 때 이렇게 새를 잡았어. 꿩을 잡으면 좋겠다. 그럼 만
두도 만들고…… 국도 끓이고……."

"근데 살아 있는 새를 잡아서 어떻게 먹어?"

내 질문에 엄마는 당황했다. 엄마는 새를 잡더라도 어떻게
요리할지 전혀 모르고 있다는 걸 깨달았다. 엄마도 요리된 치
킨은 먹어 봤어도 직접 닭을 잡아 본 적은 없을 것이다.

"잡히기만 하면 어떡하든…… 할 수 있어."

엄마가 마른침을 삼키고 입술을 꼭 다물었다.

줄을 잡고 한참을 기다렸지만 꿩은커녕 아무것도 나타나지 않았다.

우리는 점점 지쳤다.

"쌀이 아니라 강아지 사료라서 그럴까?"

엄마가 말했다.

"맞아. 새들은 새 모이를 먹겠지. 강아지 사료는 안 먹을 거 야."

"하지만 고라니라든가 멧돼지라든가…… 그런 애들은 먹지 않을까?"

"글쎄, 같은 네발짐승이니까 먹을지도…… 근데 잡혀도 걱정 아냐?"

내 말에 엄마는 맥빠진 헛웃음을 터뜨리며 고개를 끄덕였다. 엄마도 살아 있는 동물을 어쩌지 못해서 안절부절 겁에 질려 덜덜 떨 것이 분명했다.

"다른 걸 찾아보자."

우리는 사냥을 포기하고 숲을 뒤졌다. 이미 마을 사람들이 먹을 만한 열매는 다 훑어간 것 같았다. 소미가 알록달록한 예쁜 버섯을 발견했다.

"독버섯 같은데?"

나는 엄마를 보며 말했다. 엄마는 한참 버섯을 살피다가 난감한 표정이 되었다.

"솔직히…… 엄마도 모르겠다."

저녁이 되자 우리는 강아지 사료를 앞에 놓고 식탁에 모여 앉았다.

"전쟁 땐 나무껍질도 벗겨 먹었대. 그보단 낫잖아? 예쁜 강아지가 먹는 사료잖아?"

"강아지 몸에 좋은 게 들어 있을 테니까 사람한테도 나쁠 건 없겠지."

"맞아. 원료가 치킨, 칠면조, 연어, 쇠고기라고 적혀 있어. 한 개만 씹어 볼까?"

오독오독 씹어 보던 엄마가 생각보단 괜찮다는 듯 고개를 갸우뚱했다.

"먹을 만한데?"

"맞아. 기분이 좀 그렇지만 배고픈 것보단 낫지. 굶어 죽는 사람도 있는데…… 근데 맛이 좀 비리네."

우리는 결국 사료를 먹었다.

할아버지는 한 번도 우리를 들여다보지 않았다. 같은 집에 있는 게 맞나 싶을 정도로 보이지 않았다. 할아버지는 어디에 있는 걸까?

봉구가 말한 비밀 정원이 생각났다.

나는 마당으로 나갔다.

집 주변을 샅샅이 둘러볼 작정으로 어슬렁거렸다. 할아버지의 집은 산을 등지고 있었고 마당이 엄청 넓었다. 철망 울타리가 쳐진 모든 땅이 할아버지 소유라고 했다. 나는 철망 울타리를 따라 한 바퀴를 돌아보기로 했다. 한참을 도는데도 끝이 안보였다. 정말 오랜 시간이 걸렸다.

다시 집 근처로 내려왔을 때였다.

어디선가 달콤한 과일 향이 나는 것 같았다. 봉구의 말이 사실일까?

바람에 실려 온 과일 향은 진하고 달콤했다. 나는 홀리듯 냄새를 따라갔다.

햇빛에 반짝이는 커다란 유리 온실이 나타났다. 지붕 쪽의 유리는 묵은 흙먼지와 때가 끼어 있고 넝쿨들이 살짝 덮여 있었다. 얼핏 보면 식물원처럼 보이기도 했다. 반쯤 열려 있는 유리문을 밀고 들어갔다.

"와!"

봉구가 말한 비밀 정원이 맞는 것 같았다. 주먹만 한 딸기가 달콤한 향을 뿜어내고 있었다. 어른 팔뚝만 한 옥수수가 자라고 한 번도 본 적 없는 과일 열매들이 가득했다.

나는 딸기를 따서 한입 베어 물었다. 새콤달콤한 향기가 온몸을 휘감았다.

"마, 맛있다!"

나는 딸기와 옥수수와 과일을 땄다. 셔츠 자락을 당겨서 바구니 삼아 그것들을 담고 엄마와 소미에게 달려갔다. 너무 좋아서 눈물이 날 것 같았다. 뛰다가 돌부리에 걸려 넘어졌다. 무릎이 까졌지만 하나도 아프지 않았다. 떨어진 과일을 주워 들고 다시 뛰었다.

"엄마! 소미야!"

문을 열고 들어가자 엄마와 소미가 나를 보고 소스라치게 놀랐다.

"그, 그게 뭐야? 어디서 났어?"

"저, 저기, 진짜로 있었어. 비, 비밀 정원! 먹을 게 무지 많아!"

지하 연구실

내가 가져온 과일을 한입 베어 먹은 엄마와 소미는 두 눈이 휘둥그레졌다. 이어서 허겁지겁 먹기 시작했다. 너무 오랜만에 맛본 과일 때문에 정신줄을 놓아 버린 것 같았다.

내가 들고 온 것을 모두 먹고 나자 누가 먼저랄 것도 없이 유리 정원으로 달려갔다.

우리는 정신없이 과일을 먹기 시작했다. 너무 좋아서 웃음이 절로 났다. 입과 턱에 과즙이 줄줄 흘러 넘쳤다.

이러다 탈나겠다 싶었지만 그건 나중 문제였다.

한참을 먹고 나서 잔뜩 배가 불러진 우리는 바닥을 짚고 다리를 쭉 뻗은 채 서로를 보며 마구 웃었다. 천국이 따로 없었다.

"고약한 노인네야. 이렇게 먹을 게 잔뜩 있으면서 사료를 주다니……."

엄마가 입술을 삐죽 내밀고 할아버지 흉을 봤다. 그러다 문득 생각난 듯 흙을 손으로 만져 보며 중얼거렸다.

"근데 어떻게 한 거지? 지금은 농작물이 자랄 수 있는 땅이 거의 없는데…… 아, 정말 그 말도 안 되는 연구가 성공한 건가?"

"말도 안 되는 연구?"

"아주 오래전부터 할아버지는 식량위기를 대비해야 한다고 말하고 다녔거든. 특히 농작물. 죽은 땅에서도 작물이 자라게 하는 흙이라든가. 그 말에 반대하는 사람은 없었지만 정작 할아버지를 도운 사람은 아무도 없었어."

"왜?"

"너무 허황된 이야기였으니까. 아무리 환경이 파괴되더라도 농사지을 땅은 남을 거라고 믿었고, 주먹만 한 딸기라든가, 고기 맛이 나는 고단백질의 곡물이라든가…… 그런 건 애들이나 하는 상상이라고 비웃었거든."

"그게 지금 우리가 먹은 거 아냐?"

"그러니까……."

엄마가 정원을 둘러보며 말했다.

"그때 엄만 남들한테 손가락질 받으면서도 고집을 꺾지 않는 할아버지가 미웠어. 정부 지원금이나 기업 후원금도 받지 못하자 당신 재산을 탈탈 털어서 연구를 했거든. 덕분에 엄마는 미친 과학자의 딸이라는 소리를 들어야 했지. 커서도 늘 알바를 해야 했어. 등록금도 내 힘으로 벌어야 했고……."

"엄마는 속상했겠지만 결국 할아버지가 맞은 거네. 할아버지 덕분에 이제 굶주리는 사람이 없어질 거 아냐?"

"글쎄? 과연 그럴까?"

"왜?"

"할아버지는 사람을 혐오해. 그런데 이걸 나눠 주겠어? 우리한테도 사료를 준 사람이야."

엄마의 말이 끝나기 전에 우리 머리 위로 시커먼 물체가 바람을 가르며 쏜살같이 날아왔다.

커다란 짱돌인 줄 알았는데 가만보니 드론이었다. 크기는 손바닥만 했다.

드론은 우리 머리를 때릴 듯 총알처럼 스쳐 날아가더니 원을 그리며 천천히 날아 할아버지 어깨 옆의 허공에 멈췄다.

"하, 할아버지."

할아버지는 성난 얼굴로 손에 드론 조종기를 쥐고 있었다.

"누구 맘대로 여길 들어와? 당장 나가!"

할아버지가 소리쳤다.

"것 봐."

엄마가 내게 작은 소리로 말했다.

"얼른 나가!"

할아버지가 조종기를 움직이자 드론이 총알처럼 우리를 향해 날아왔다. 아까보다 훨씬 더 빠른 속도였다. 맞으면 죽을 것 같이 위협적이었다.

"우리가 나방이에요? 왜 이러세요?"

엄마가 소리쳤다.

"나방보다 나을 게 뭐냐?"

드론은 우리를 계속 공격했다. 우리는 머리를 감싸쥐고 허겁지겁 유리 정원에서 뛰쳐나왔다. 간신히 한숨을 돌린 엄마가 눈을 흘기며 말했다.

"나방 퇴치 드론이야. 할아버지가 저거 개발한다고 얼마나 많은 돈을 썼는지 알아? 덕분에 엄마는 새벽부터 학비 벌려고 졸린 눈 비비며 햄버거를 구워야 했어. 그 어린 나이에……."

엄마가 유리 정원의 문을 안에서 걸어 잠그는 할아버지를 노려보며 말했다.

소미가 정원으로 달려가 문을 두들겼다. 나도 소미처럼 달려가 문을 두들겼다. 할아버지는 안에서 꼼짝도 않고 우리를 노려봤다.

"그만두고 이리 와. 아무리 두드려 봐야 안 열어 줄 거야. 기다려야 돼."

엄마가 말했다.

"기다려?"

"유리 정원이잖아. 저 안은 뜨거워. 어차피 문 열고 나올 거야. 그때 다시 들어가면 돼."

엄마가 회심의 미소를 지었다.

할아버지는 정원 안에서 작물들을 돌보았고 우리는 밖에서 그런 할아버지를 지켜보았다.

하지만 아무리 기다려도 할아버지는 나올 기미가 보이지 않았다.

어느덧 날이 어두워졌다.

유리 정원 안도 캄캄해져서 아무것도 보이지 않았다. 할아버지는 끝내 나오지 않았다.

"오빠. 저기 숲속에…… 뭔가 있는 것 같아."

소미가 내 팔을 붙잡고 바짝 붙었다. 눈은 어두운 숲을 향했다.

"뭐가 있다 그래?"

"뭔가 있어."

나는 소미가 가리키는 쪽을 보았지만 아무것도 보이지 않았다.

그동안 엄마는 유리 정원에 바짝 붙어 안을 살피다가 고개를 저으며 돌아섰다.

"사라졌어."

"뭐?"

"할아버지가 사라졌다고!"

소미는 숲속에 뭔가 무서운 게 있다 하고, 할아버지는 정원 안에서 사라졌다. 우리는 결국 집으로 돌아오는 수밖에 없었다.

며칠 동안 우리는 다시 사료를 먹었다. 맛있는 과일을 실컷 먹고 나니 사료가 더 먹기 힘들어졌다.

엄마는 아침마다 바다로 나갔다. 봉구 말대로 바다가 얼마나 죽었는지 좀 더 알아보겠다고 했다. 소미는 엄마를 따라갔다.

나는 유리 정원으로 갔다. 정원 안에 할아버지는 없었고 이름도 모를 또 다른 과일과 채소들이 풍성하게 자라고 있었다.

출입문에는 전자 도어가 설치되어 있었다. 번호 위의 알림창에 문장이 떠 있었다.

모두가 굶고 있는 시대.

밥이 딱 한 그릇 있다.

누가 먹어야 할까?

1) 사람

2) 모든 생명체

이게 뭐지? 비밀번호인가? 이걸 맞추면 문이 열리는 건가? 하지만 답이 너무 쉽다. 당연히 2번 아닌가. 이렇게 쉬운 문제를 비밀번호로 설정했다고? 뭔가 함정이 있지 않을까?

나는 한참 동안 고민했다. 어차피 가만 있으면 문은 열리지 않는다. 아무것도 먹을 수 없다. 그렇다면 그냥 시도해 보자.

정답은 당연히 2번이다. 2번을 꾹 눌렀다.

아무 반응이 없었다.

틀린 건가?

그렇다면 1번이 답이라고? 설마? 그래도 눌러 볼까? 정말 1번이 답일까? 그러다 혹시 감전이라도 되는 거 아닐까?

에이, 어떻게 되든 상관없다.

1번을 눌렀다.

역시 아무 반응이 없었다.

뭐지?

둘 다 답이 아니라면 할아버지는 왜 이런 걸 설치해 놓았을까?

순간 부아가 났다. 나도 모르게 커다란 돌덩이 하나를 집어 들었다. 유리를 깨고 들어갈까? 하지만 그건 도둑질이다. 그럴 순 없다.

나는 돌을 떨어뜨리고 바닥에 주저앉았다. 탐스런 과일들이 뿜어내는 달콤한 향이 흘러나왔다. 지그시 눈을 감고 냄새를 맡다가 깜빡 잠이 들었다 싶었는데 눈을 떴을 땐 날이 완전히 어두워진 후였다.

갑자기 숲속에서 번뜩이는 뭔가가 보였다. 늑대의 눈인가? 어제 소미가 숲에서 봤다는 그 무언가가 바로 저것들인가?

나는 벌떡 일어났다. 옆에 떨어뜨린 돌을 주워 들었다. 숲에서 눈들이 다가왔다. 뭐, 뭐지? 저리 가! 나는 손을 흔들었다.

"고, 고양이?"

숲에서 나온 건 길고양이 무리였다. 숲을 등지고 멈춰 선 고양이들이 나와 내 뒤의 유리 정원을 바라보고 있었다.

고양이가 날카롭게 울었다. 이어서 하늘을 뒤덮으며 푸드덕거리는 소리가 들렸다. 새들이 어지럽게 하늘을 날았다.

고양이와 새는 유리 정원의 달콤한 냄새를 맡고 온 것 같았다. 하지만 문이 잠겨 있어서 아무도 들어갈 수 없었다.

"너희들도 배가 고프구나."

나는 집으로 가서 사료를 가져왔다. 정원 옆의 마당에 있는 돌절구를 그릇 삼아 사료를 부었다.

새들이 푸드덕거리며 절구로 날아와 부산하게 사료를 쪼아 먹었다.

이어서 고양이들이 다가와 사료를 먹었다. 남은 사료가 얼마 없었다.

나는 다시 사료를 부었다.

잠시 후 숲의 나뭇잎이 들썩이더니 고라니가 와서 먹었다. 다시 바닥이 드러난 절구통 안에 사료를 더 많이 부었다.

마지막으로 쿵, 쿵 발자국 소리를 내며 멧돼지가 나타났다. 멧돼지가 먹기엔 사료가 또 부족했다. 남은 것을 모두 부었다.

멧돼지가 돌절구에 코를 박고 쿵쿵거리는 순간 철컥 소리가 났다. 멧돼지 발이 누른 자리에 스위치가 있고 그게 작동해서 유리 정원의 문이 열린 것 같았다.

숲으로 돌아갔던 새와 동물들이 다시 몰려와 유리 정원 안으로 들어갔다. 동물들은 과일과 채소를 마음껏 먹었다. 나도 따라 들어가서 실컷 먹었다. 과일이 다 없어지기 전에 엄마와 소미 것을 챙기는 것도 잊지 않았다.

그때였다.

잡초와 풀이 우거진 바닥이 뭔가 이상했다. 잡초를 손으로 쓸어 보았다. 바닥에 숨겨졌던 철문과 손잡이가 드러났다.

할아버지는 이 문으로 사라진 게 틀림없었다.

나는 손잡이를 잡고 힘껏 당겼다. 문이 열리자 밑으로 내려가는 철제 계단이 나타났다. 나는 계단을 타고 아래로 내려갔다.

그곳은 할아버지의 지하 연구실이었다. 컴퓨터와 책과 유리병과 실험도구 같은 것들이 가득했다. 할아버지는 여러 대의 모니터를 통해 정원과 집 안 곳곳을 지켜보고 있었다.

"용케 들어왔구나."

할아버지가 책상 앞의 회전의자를 빙글 돌려 나를 바라보았다. 안경 너머로 매서운 눈빛이 번뜩였다. 표정은 여전히 차가웠다.

"그러게요. 저 지금 되게 기분 좋아요. 시험을 통과했잖아요."

"시험?"

"네, 할아버지가 전자 도어를 이용해 내 놓은 문제 말이에요. 그 문제의 뜻을 생각해 봤는데요."

"흠, 문제의 뜻이라고?"

"네."

"그게 뭐냐?"

"머리로만 아는 건 아무 소용없다, 실제로 행동을 해야 한다, 그거죠? 정답은 2번이었어요. 하지만 그게 끝이 아니죠. 전 동물들에게 사료를 나눠 줬어요. 그래서 문이 열린 거예요. 맞죠?"

"흠……."

할아버지는 별다른 말을 하지 않았지만 표정을 보니 내 말이 맞았다는 걸 알 수 있었다.

나는 할아버지 옆에 바짝 다가가서 물었다.

"옛날부터 미래 식량을 연구하셨다면서요? 엄마와 사이가 안 좋아진 것도 그것 때문이라고 들었어요. 근데 그게 성공한 거죠?"

나는 속사포처럼 궁금한 것들을 물어봤다. 할아버지는 아무 대답도 하지 않았지만 나는 흥분하고 들떠서 계속 물었다.

"정말 진짜, 진짜, 다행이에요. 할아버지 덕분에 이젠 사람들

이 굶지 않아도 될 테니까요. 언제부터 사람들이 먹을 수 있어
요?"

"시끄럽다!"

할아버지가 소리쳤다.

"사람들은 계속 굶을 거야. 굶주려서 서로 싸우고 훔치고 빼
앗다가 완전히 멸망할 거다."

"네?"

할아버지는 의자를 휙 돌려 앉았다. 모니터의 불빛이 할아버
지 얼굴에 그림자와 굴곡을 만들었다.

"바, 방금 뭐라고 하셨어요?"

"난 내 연구의 성과물을 아무에게도 나눠 주지 않을 거라고
했다."

개장수

나는 할아버지의 말을 이해할 수 없었다. 아무에게도 나눠 주지 않겠다니! 할아버지의 완고하게 꽉 다문 입술과 잔뜩 화난 얼굴이 너무 무서웠다. 쇠망치로 쳐도 깨지지 않을 석고상 같았다.

"왜요?"

나는 되묻지 않을 수 없었다.

"인간은 먹을 자격이 없기 때문이지."

"아, 엄마한테 들었어요. 사람들이 할아버지를 무시하고 도와주지도 않았다고요. 그래서 삐진 거예요? 이해해요. 저라도 그런 마음이 들 것 같아요. 하지만 말은 그렇게 해도 결국 나눠 줄 거죠?"

"아니. 나를 조롱하고 비웃은 것밖에 한 일이 없는 사람들에게 나눠 줄 이유가 없다."

"에이, 자꾸 그러면 쪼잔해 보여요. 너그럽게 용서해 주세요."

"용서? 어림없다."

"설마, 돈 벌고 싶어서 그래요? 아, 그럴 수도 있겠네요. 할아버지는 돈을 엄청 많이 썼으니까 보상을 바라는 건 당연하겠네요."

"보상 따윈 없어도 좋아. 내가 원하는 건 인간이 지구상에서 완전히 사라지는 거다."

"네?"

"인간이 지구의 주인으로 살아온 시간은 지구의 역사에 비하면 찰나에 불과해. 그 찰나의 주인인 인간이 지구를 박살내고 스스로 자멸하고 있단 말이다. 하루라도 빨리 없어져야 할 건 인간이야."

"그, 그럼 우리 가족도 사라져요! 정말 그러길 바라신다고요?"

"가족? 누가 가족인데?"

"너무해요!"

나도 모르게 큰소리가 났다. 할아버지는 엄마도 나와 소미도 가족으로 생각하지 않는 건가?

"넌 아직 인간을 몰라."

할아버지가 혀를 쯧쯧 차더니 뭔가 생각난 듯 천천히 말했다.

"좋다. 그럼 밖에 나가서 강아지 한 마리만 데려와. 그럼 네 게는 먹을 걸 주마."

"정말요?"

할아버지가 고개를 끄덕였다. 어디 한번 해 볼 테면 해 봐라, 하지만 절대 불가능할 거라는 듯 의미심장한 표정이었다.

나는 밖으로 나왔다. 강아지라면 얼마든지 있다. 유모차가 지나가면 열 중에 아홉은 사람 아기가 아니라 강아지였다. 강 아지 카페도 많다. 산책로엔 언제나 강아지를 산책시키는 사람 들을 만날 수 있다.

그런데 이상한 일이었다. 동네를 한 바퀴 돌며 샅샅이 뒤졌 는데 강아지가 한 마리도 보이지 않았다. 나는 다시 한번 마을 을 돌며 구석구석 강아지가 숨어 있을 만한 곳을 찾았다.

"뭘 그렇게 찾아?"

마을에서 제일 큰 나무 아래 앉아 있던 봉구가 나에게 말을 걸었다.

"이 동네엔 왜 강아지가 없어? 아무리 찾아도 안 보이네?"

"그게 무슨 말이야?"

"그게 무슨 말이냐니? 강아지가 왜 없냐고. 그게 어려운 질문인가?"

"사람들이 강아지 버린 게 언젠데? 다들 아무 데나 버렸잖아. 길거리가 유기견 천지였다가……."

아, 맞다. 식량 위기 때문에 사람들이 강아지를 버린다는 이야기를 들은 적 있다. 침대에서 사람과 함께 자던 강아지들이 사람들에게 버려졌다.

"천지였다가 지금은? 설마? 다 죽은 건가?"

나는 말하면서 소름이 끼쳤다. 버려진 강아지에게 거리는 정글일 것이다. 굶어 죽고, 상한 음식을 먹고 탈나서 죽고, 상처가 나도 치료 받지 못해 죽을 것이다.

"너 정말 몰라?"

"몰라."

"개고기 장수가 다 잡아갔잖아."

"개, 개고기 장수? 동물보호센터 뭐 그런 데가 아니고? 왜?"

"바보냐? 사람들이 고기는 먹고 싶은데 너무 비싸고 구할 수도 없으니까 그렇지."

"머, 먹으려고?"

나는 소름이 끼쳤다. 언젠가 강아지를 키우는 아이와 강아지를 싫어하는 아이가 논쟁을 하며 싸웠던 일이 떠올랐다.

예를 들어 전쟁이 나서 피난을 가야 하는데 강아지를 데려갈 거냐, 아니면 쌀 한 보따리를 가져갈 거냐 하는 거였다.

강아지 키우는 아이는 당연히 강아지를 데려간다 했고 강아지를 싫어하는 아이는 그렇게 말하는 사람도 막상 그런 상황이 닥치면 절대로 쌀 대신 강아지를 데려가진 않을 거라고 했다.

그러면서 남극이나 정글에 조난당한 비행기에서 살아남은 생존자들이 무엇을 먹고 버텼는지 아느냐고 했다가 끔찍한 소리 하지 말라고 비난의 몰매를 맞았다.

그런데 지금 그와 비슷한 일이 일어나고 있다는 거였다.

"강아지는 약과지. 거리에 길고양이도 비둘기도 없잖아? 왜 겠냐?"

봉구의 말에 나는 어깨가 축 늘어졌다. 할아버지가 강아지를 데려오라고 한 이유를 알 것 같았다. 인간은 잔인하고 이기적이어서 먹을 자격이 없다는 걸 보여 주려는 거였다.

"근데 넌 여기 앉아서 뭐해?"

"여기저기 돌아다니면 빨리 배고파지니까 그냥 앉아 있는 거야."

봉구는 그렇게 말하고 주머니에서 나무뿌리 같은 것을 꺼내 내밀었다.

"먹을래? 오래 씹으면 단맛이 좀 나. 대신, 삼키면 안 돼."

"아, 아니. 됐어."

"싫음 말고. 근데 강아지를 왜 찾아? 너도 고기 사려고? 암시장에 데려다 줘?"

"응."

나는 봉구를 따라갔다. 왜 따라갔는지는 나도 모르겠다. 어쨌든 거기 가서 강아지를 보고 싶기도 했고, 사정을 하면 한 마리쯤 얻을 수도 있지 않겠냐는 기대도 있었다.

봉구는 읍내까지 가야 한다며 한참을 걸었다. 시장 같은 거리가 보였다.

가장 구석진 골목으로 들어가자 멀리서 개 짖는 소리가 들렸다.

"여기야."

더럽고 지저분한 3층짜리 철장 안에 유기견들이 갇혀 있었다.

"여기서 사고 싶은 강아지를 고르면 그 즉시 잡아서 고기로 만들어 준대.”

“우욱!”

나는 속이 메슥거렸다. 토할 것 같았다. 잡혀 온 강아지들의 더러워진 털에는 오물이 잔뜩 묻어 있었다. 바닥에 엎드려 멍하니 있는 깡마른 강아지들의 체념한 듯한 눈과 마주치자 왈칵 눈물이 났다.

“개고기 사러 왔냐?”

안에서 비닐 앞치마를 두른 남자가 나왔다. 손에는 커다란 칼을 쥐고 있었다. 턱수염이 났고 눈 밑에 문신이 있었다. 비릿하고 역한 냄새가 풍겼다. 그런데 어디서 본 듯한 얼굴이었다.

“살 거야? 말 거야?”

남자가 퉁명스럽게 말했다. 순간, 나는 그 남자가 누군지 기억났다. 식량배급소에서 돌아오는 길에 쌀과 배급표를 빼앗아 간 소매치기 두목이었다.

나는 기억이 났지만 그는 나를 기억 못 하는 것 같았다. 하긴 소매치기를 하고 쌀을 빼앗은 일이 한두 번이 아니었을 테니 일일이 다 기억할 리가 없다.

“살 거야, 말 거야?”

“그, 그게……”

나는 차마 강아지 한 마리만 그냥 달라는 말을 할 수 없었다. 내가 머뭇거리고 있자 개장수가 소리쳤다.

"돈 있어?"

"어, 없어요."

"그럼 꺼져!"

개장수가 재수없다는 듯 침을 탁 뱉고 안으로 들어갔다.

골목을 나오는데 강아지 눈빛이 자꾸 아른거렸다. 구해 달라고 애원하는 눈빛 같았다. 하지만 난 돈이 없다. 개장수가 사정한다고 그냥 줄 것 같지도 않았다. 그는 소매치기 두목이었다.

자꾸만 발걸음이 무거워지는데 어떤 어른들이 골목으로 들어오며 물었다.

"개고기 파는 데가 여기냐?"

봉구가 그렇다고 대답하자 어른들은 서둘러 안쪽으로 들어갔다. 나는 뒤돌아서 그들을 바라봤다. 마음이 이상했다.

"나 아무래도 그냥 못 갈 것 같아. 너 먼저 가."

봉구에게 말했다.

"어쩌려고?"

"철장에 막대만 꽂혀 있었어. 자물쇠를 채우지 않았다고."

"그래서?"

"한 마리라도 구할 거야."

"야! 그거 도둑질이야!"

"몰라. 너 먼저 가."

봉구는 나를 설득하다가 할 수 없다는 듯 자기는 모른다며 돌아갔다.

나는 골목 어귀에서 서성이며 어두워지기를 기다렸다. 밤이 되자 아무도 보이지 않았다. 을씨년스러운 바람이 불었다.

나는 다시 골목 안으로 들어갔다. 발소리를 최대한 죽이며 살금살금 다가가는데 고약한 냄새가 다시 코를 찔렀다. 철장 안의 강아지가 나를 보고 짖었지만 기운이 없어서 한두 번 짖다가 말았다. 소리도 크지 않았다. 나는 손가락을 입에 대고 "쉬!" 소리를 냈다.

철장 문에 가로로 꽂아 둔 쇠막대로 다가갔다. 소리가 나지 않게 살살 빗장을 당겼다. 문을 열고 손을 집어 넣어 안에 늘어져 있는 강아지를 안았다.

심장이 쿵쿵 뛰었다.

돌아서려는데 다른 강아지들이 나를 보고 있는 게 느껴졌다. 모두가 내게 살려 달라고 애원하는 것 같았다. 아니, 살려 달라는 애원마저 체념한 것처럼 힘이 없었다. 눈만 끔뻑이는 강아지를 본 나는 돌아서 빗장들을 풀기 시작했다.

맨 아래 칸의 강아지가 후들거리며 일어서더니 철장에서 나왔다. 3층에 있는 강아지는 뛰어내리다가 발을 삐었는지 신음 소리를 냈다.

나는 안쪽의 눈치를 살피며 조용히 하라고 작게 말했지만 소용없었다. 다른 강아지들이 낑낑 소리를 내기 시작했다.

"누구야?"

안에서 개장수가 눈을 부라리며 튀어 나왔다. 나는 화들짝 놀라서 강아지 한 마리를 안고 도망쳤다. 하지만 개장수는 나보다 훨씬 빨랐다.

"이놈!"

개장수가 달려와 내 뒷덜미를 잡았다. 강아지를 빼앗아 목덜미를 잡아 들고 다른 손으로는 내 멱살을 잡아 벽에 쾅 찍어 눌렀다.

"아까 낮에 왔던 놈이잖아? 요런 도둑놈의 새끼! 넌 죽었어!"

"아, 아저씨 강아지도 아니잖아요!"

나는 발버둥쳤다.

"뭐야?"

"아저씨도 길에서 그냥 잡아온 거잖아요? 그러니까 풀어줘

요."

"뭐? 처음엔 길에서 주워 온 것도 있지. 하지만 지금은 다 돈 주고 산 거야. 장사란 말이야!"

"샀다구요?"

"그래. 개 주인한테 산 거야."

그때였다. 허공에서 바람을 가르며 뭔가가 쏜살같이 날아와 개장수의 이마를 때렸다.

"악!"

개장수가 나를 놓치고 바닥에 넘어져 이마를 움켜쥐었다.

"뭐야?"

개장수가 소리쳤다. 할아버지가 드론 조종기를 든 채 우리를 보고 서 있었다.

개장수가 뒷주머니에서 칼을 꺼내 할아버지를 겨눴다. 그러자 할아버지도 주머니에 손을 넣었다. 설마 할아버지도 칼을 꺼내는가 했는데 아니었다.

할아버지는 개장수 앞에 돈다발을 휙 뿌렸다.

"됐지? 강아지들은 내가 데려간다."

할아버지 집 너른 마당에 강아지들
이 가득해졌다. 할아버지는 강아지
들에게 사료를 주고 유리 정원에
서 마음껏 먹게 했다.

제법 활기를 되찾은 강아지들은
꼬리를 흔들며 할아버지에게 안기기
도 하고 자기들끼리 장난을 치기도 했다.
너무 귀여웠다.

"이리 와서 도와."

할아버지가 커다란 통에 강아지를
넣고 목욕시키며 나를 불렀다. 나
는 팔을 걷어부치고 달려가
강아지를 씻겼다.

"내가 왜 강아지를 데려오
라고 했는지 이젠 이유를 알
겠지?"

“네.”

“뭐냐?”

“인간들은 먹을 자격이 없다는 걸 네 눈으로 직접 보고 느끼고 오라는 뜻이었어요.”

“알았으면 됐다.”

“맞아요. 할아버지 말대로 사람들은 잔인해요. 하지만 모든 사람이 다 나쁘다고 할 순 없을 것 같아요. 각자 사정이 있을 수도 있고, 또 할아버지처럼 동물을 구해 주는 사람도 있잖아요.”

“뭐?”

할아버지 표정이 잠시 움찔했다가 다시 비누 거품이 묻은 강아지 등을 문질렀다.

“넌 모든 생명이 먹을 자격이 있다고 했다. 하지만 지금 넌 결국에는 사람이 더 중요하다고 말하고 있어. 앞뒤가 안 맞아.”

“그, 그러네요.”

할아버지 말이 맞다. 나는 동물을 사랑하고 사람과 동등하게 대해야 한다고 했지만 결국 최후에는 사람이 더 중요하다고 말한 것이다.

“그런 걸 모순이라고 하는 거다. 자기가 무슨 말을 하는 줄도 모르는 멍청한 놈!"

나는 말문이 막혔다.

할아버지가 씻기고 있던 강아지가 몸부림쳤다. 미끄러운 손에서 빠져나갈 뻔한 강아지를 나도 함께 붙잡았다. 비눗물이 얼굴에 튀었다. 눈이 따가웠다.

"너 때문에 귀찮게 됐어. 도대체 몇 마리야?"

"하지만……."

"하지만 또 뭐?"

"가족도 아니라더니…… 걱정하신 거죠? 그래서 저 구하러 오신 거잖아요? 감사드려요."

"내가 널? 어림없는 소리. 네가 아니라 강아지를 구하러 간 거다."

할아버지는 수건으로 강아지들의 젖은 털을 닦았다. 완전히 털이 마르지 않은 강아지들은 온몸을 흔들어 물기를 털어냈다.

"그럼 저건 왜 만드셨어요? 인간은 다 굶어 죽어야 마땅하다면서요?"

나는 유리 정원을 가리켰다. 정원 안에는 탐스런 열매들이 반짝이고 있었다.

"그땐…… 나도 멍청했으니까. 인간에 대한 희망과 기대라는 게 있었지. 하지만 지금은 아냐."

할아버지는 젖은 수건을 내게 툭 던져 주고 일어났다.

"나머진 네가 해라."

사람이 싫어

엄마는 내가 위험한 짓을 했다며 나무랐다. 소미는 걱정스런 얼굴로 다가와 내 어깨를 쓰다듬었다.

"오빠 큰일날 뻔했네. 다신 그러지 마. 약속!"

손가락까지 걸고 나서는 강아지를 본다며 밖으로 나갔다.

"할아버지는 정말 이상해!"

나는 엄마에게 할아버지에 대한 불만을 털어놓았다. 엄마는 듣고만 있었다.

"할아버지한테 뭘 기대하지 마. 사람 성격은 안 바뀌어. 잘난 척에 고집불통에…… 냉정하기 짝이 없어."

그때 밖으로 나갔던 소미가 호들갑스럽게 뛰어들어 왔다.

"엄마, 나와 봐!"

밖으로 나가 보니 대문 앞에 군복을 입은 아저씨가 군용 지프차에서 식료품을 내리고 있었다.

"아빠?"

달려가 보니 아빠가 아니었다. 자신을 아빠의 부하라고 한 군인이 쌀 포대를 어깨에 메고 걸어왔다.

"아빠는 잘 계시죠?"

"그럼 잘 계시지. 군의관이시잖니. 식량난민 수용소에서 환자를 돌보고 계신다. 이건 아빠가 보내는 거야. 어렵게 구한 거다. 그리고 직접 못 와서 미안하다고 하셨다."

군인 아저씨는 쌀과 전투 식량과 보급품 등을 계속해서 날라 주었다. 엄마와 소미도 거들었다. 소미는 먹을 게 생겼다며 좋아서 춤까지 췄다.

"그런데 총을 가진 난민도 있다고 들었어요. 걱정돼요."

엄마가 군인에게 말했다.

"밀항선에는 총을 든 난민도 있긴 합니다. 총기가 허용된 나라에서 온 난민들 말입니다. 하지만 대위님은 수색대가 아니라 수용소 안에만 계시니 걱정 마세요."

"하지만 상황이 언제 바뀔지 모르는 거죠? 언제든 위급해지면 해안선 경계부대로 갈 수도 있잖아요?"

"상황이 좋아지길 빌어야죠. 너무 걱정 마세요. 별일 없을 겁니다."

부하 아저씨의 말은 별로 위로가 되지 않았다. 엄마는 걱정을 떨쳐 버리지 못했다. 나와 소미는 지프차가 눈에 안 보일 때까지 서서 배웅하고 돌아왔다.

엄마는 모처럼 밥을 지었고 전투 식량 덕분에 풍성한 저녁을 먹을 수 있었다.

"맨날 이렇게 먹었으면 좋겠다."

소미가 입가에 밥풀을 묻힌 채 방글방글 웃었다. 엄마도 미소를 지었다.

"할아버지도 드시게 좀 갖다 드릴게."

나는 밥과 반찬을 쟁반에 챙겨 들고 유리 정원으로 갔다.

유리 정원에는 할아버지가 없었다. 지하연구실 문 앞에 쟁반을 내려놓고 문을 두드렸다. 반응이 없었다.

나는 문을 열고 내려갔다. 깜깜했다. 손으로 벽을 더듬어 불을 켰다. 일인용 침대에 할아버지가 벽을 보고 누운 채 앓는 소리를 하고 있었다. 마른 두 팔로 자신의 몸을 감싸안고 무릎을 구부린 채 몸을 떨고 있었다.

"하, 할아버지. 어디 아파요?"

"으으응……."

"벼, 병원 가요."

"……됐다. 거기 약이나 좀 다오."

나는 미니 싱크대 위의 선반 문을 열었다. 수십 개의 하얀 플라스틱 약통이 가지런히 놓여 있었다. 영어로 된 라벨이 붙어 있어서 무슨 약인지 알 수 없었다.

"어떤 거요?"

"아무거나…… 다 똑같은 약이야."

나는 손에 닿는 것을 꺼내 할아버지에게 주고 정수기 물을 받았다. 할아버지가 몸을 일으키기 힘들어 해서 부축했는데 몸이 너무 가벼웠다. 느낌이 이상했다. 뼈밖에 안 남은 듯했다.

"진짜 괜찮아요?"

"그렇다니까……."

"근데 무슨 약이 이렇게 많아요? 그것도 똑같은 게?"

"앞으론…… 병이 있어도 수술을 받지 못하고…… 약이 필요해도 구하기 힘든 날이 올 거야. 미리 대비해야지."

할아버지가 약을 먹도록 도왔다. 물컵을 든 손이 파르르 떨렸다. 약을 삼키는 것도 힘들어 보였다.

"참, 이것 좀 드세요."

나는 할아버지에게 쟁반을 내밀었다. 할아버지는 힐끗 보더
니 다시 누웠다.

"좀 자야겠다. 그건 가져가거라."

다음 날 아침 유리 정원으로 갔다. 할아버지는 동물들이 먹
는 모습을 지켜보며 앉아 있었다.

나는 할아버지 옆에 앉았다.

"아픈 건 괜찮아요?"

"그깟 감기쯤이야 하루면 낫지."

"근데 할아버지는 밖에는 안 나가세요?"

"그건 왜?"

"밖에 나가서 사람들을 보시면 생각이 바뀔 거예요. 굶주린
사람들이 거리에 널렸어요. 아기 안고 우는 엄마도 있고 노숙
자도 많고…… 식량배급소는 아수라장이고……."

"아직도 그 소리냐? 여기 들어올 수 있는 건 너뿐이다. 아무
에게도, 아무것도 안 줄 거야. 너도 외부에 알려선 안 돼! 절대
비밀이다."

"할아버지도 말은 그렇게 했지만 역시 가족은 소중한 거죠?"

"천만에."

"아니라고요? 그럼 저한테는 왜 허락하셨어요? 여기 들어올 수 있다는 건 먹어도 된다는 거잖아요?"

"그건 네가 위험을 무릅쓰고 강아지를 구하러 갔기 때문이다."

"에이, 거짓말."

할아버지는 여전히 퉁명스러웠지만 어쩌면 원래는 안 그랬을 것 같다는 생각이 들었다. 동물을 사랑하는 사람 중에 나쁜 사람은 없다.

"근데 여기 있는 것들은 어떻게 이렇게 잘 자라요? 하루이틀만 지나도 뭐가 막 새로 생겨요."

"내가 무엇을 연구했는지 엄마한테 못 들었니?"

"대충은 들었어요."

"뭐라고 하더냐?"

"식량위기를 대비해서…… 여러 가지 신기한 농작물을 개발해야 한다고 하셨다면서요. 그게 좀 허황된 거라 지지를 못 받았지만……."

"고작 그렇게 알았단 말이지? 제 아버지가 뭘 하는지 제대로 알지도 못하고 미워하다니……."

할아버지가 엄마를 나무라며 이어서 말했다.

"내가 연구한 건 한 마디로 기후 적응 작물이다. 태양 빛이 부족해도, 토양이 오염되고 양분이 없어도, 심지어 물이 부족해도 자라는 농작물 말이다. 기존의 작물보다 몇 곱절 빨리 자라고 크기도 훨씬 큰 작물 말이다."

"아……."

"식물도 동물처럼 환경에 적응할 수 있다는 점에서 착안했지."

할아버지는 그렇게 말하고 치를 떨었다. 옛날 생각이 난 것 같았다.

"사람들이 할아버지를 조롱했다면서요? 어떻게 했는데요?"

"비웃고 무시했지. 한번은 정부 기관에 찾아갔다. 장관을 만나고 싶다고 했더니 기다리라고 하더구나. 몇 시간 동안 복도에서 기다렸다. 한참 후에 점심을 먹으러 간다며 나오더니 내가 기다리고 있는 줄도 모른 채 그냥 가더구나. 붙잡고 이야기했지. 자료를 놓고 가라고 하길래 놓고 왔다. 하지만 아무리 기다려도 연락이 없었다. 다시 찾아갔더니 경비원을 시켜 쫓아냈다."

"너무했네요. 나라도 화가 났겠어요."

"기업을 찾아갔지. 마찬가지였다. 수익을 기대할 수 없다며 거절하더구나. 회의실을 나오는데 자기들끼리 낄낄거리며 웃더니 내 자료를 쓰레기통에 던졌다."

"아……."

"대학 연구소에 갔더니 학위가 있냐부터 따지고…… 미친 사람 취급했다."

나는 할아버지 손을 잡았다. 거칠고 마른 손이었다. 할아버지가 손을 뺐다.

"정말 대단해요! 그런데도 할아버지는 연구를 계속해서 성공했어요. 정말 천재예요. 누구도 그렇게 못 했을 거예요."

"그, 그건 그렇지."

할아버지 입가에 살짝 미소가 스치고 지나갔다. 겉으론 차갑고 냉철해 보이지만 속에는 나와 같은 아이가 숨어 있는 건 아닐까? 칭찬을 하니 속으로 엄청 기뻐하는 것 같았다.

"할아버진 인류의 구원자예요!"

"뭐라고?"

"할아버지는 인류를 구원할 연구를 하신 거예요. 예수님이나 부처님, 세종대왕이나 이순신보다 더 위대한 일을 해내신 거라구요!"

"헐."

"재난이 오기도 훨씬 전에 미리 예상하신 거잖아요. 굶어 죽어 가는 사람들에게 식량을 나눠 주려고 연구를 하신 거잖아요."

"처음엔 그랬지. 하지만 이젠 아니다!"

"할아버지를 비웃은 사람들이 바보였던 거잖아요. 이젠 화 푸시고 식량을 나눠 주세요!"

"싫다."

할아버지는 미소가 싹 가신 얼굴로 나를 노려보았다.

"세상은 나를 미친놈 취급했어. 내 말은 싹 다 무시했지. 식 량위기? 다 안다면서, 철저히 대비하고 있다면서, 실제론 아무 것도 하지 않았다. 그저 하는 척 시늉만 했을 뿐이야!"

어떻게 하면 할아버지 마음을 돌릴 수 있을까? 나는 생각하고 또 생각했다.

"할아버지 단체 벌 받아 봤어요?"

"단체 벌?"

"네, 한두 사람의 잘못 때문에 모두가 벌을 받는 거요. 저는 그게 너무 싫었어요. 아무 잘못 없는 사람까지 벌을 받아야 하 다니 너무 억울하잖아요. 할아버지한테 못되게 군 사람들 때문에…… 죄 없는 착한 사람들까지 똑같은 취급을 받으면…… 좀 많이 억울할 것 같아요."

할아버지에게 내 말이 먹힌 걸까? 한동안 할아버지는 아무 말도 하지 않았다.

"아무 잘못 없는 사람이라고? 죄 없는 사람은 한 명도 없다."

할아버지가 정원을 둘러보다가 발밑의 잡초를 뽑아서 내밀었다.

"내 정원의 작물은 몇 곱절 빠르게 자란다. 그만큼 잡초도 빠르게 많이 자라지."

"그러네요."

"뽑아라."

"네?"

"네가 이 정원의 잡초를 다 뽑으면 너의 말을 다시 생각해 보마."

"정말요?"

슈퍼 작물

처음엔 허리를 숙여 잡초를 뽑았다. 얼마 지나지 않아 허리가 끊어질 듯 아프고 머리에 피가 쏠렸다. 쪼그려 앉아서 뽑다보니 다리도 저렸다. 앉았다 일어났다 허리를 폈다 하면서 잡초를 뽑았다. 이마에서 줄줄 흘러내린 땀이 눈에 들어가면 따가와서 눈을 뜰 수도 없었다.

이마에 수건을 둘렀다. 하루 종일 잡초를 뽑았더니 손가락이 얼얼했다.

그렇게 온종일 잡초를 뽑다가 해가 질 무렵 뒤를 돌아보고 소스라치게 놀랐다.

맨 처음 잡초를 뽑은 자리에 또 잡초가 자라 푸릇푸릇 올라

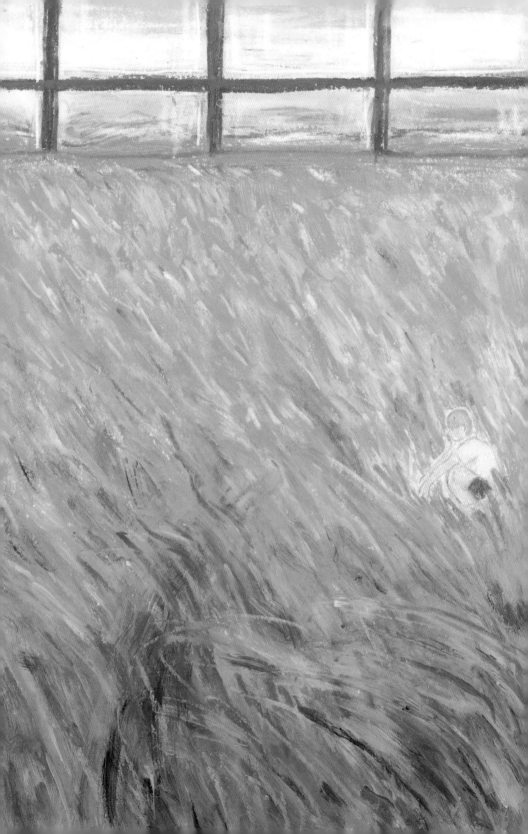

오고 있었다.

"헉!"

나는 서둘러 처음 자리로 가서 다시 잡초를 뽑아 나갔다. 다 뽑지도 못했는데 해가 졌다. 처음 시작한 자리는 그새 잡초가 다시 올라와 있었다.

할 수 없이 엄마에게 도와달라고 했다. 날이 밝자마자 엄마와 정원으로 함께 나갔다.

이럴 수가!

잡초는 다시 무성하게 자라 있었다. 엄마가 정원을 둘러보며 놀라워했다.

"대단해. 어떻게 이런 흙을 만들었을까? 세상의 모든 땅이 다 죽었는데……."

"정말 대단해."

"잡초 뽑는 건 포기해. 가능성 없는 일이야. 할아버지가 널 골탕 먹이려는 거야."

"아니, 할 수 있어. 어젠 처음이라 서툴러서 그래. 엄마가 도와주면 더 빨리 할 수 있어."

"왜 사서 고생을 해? 이제 우린 먹을 것도 있잖아. 다른 사람 걱정까지 할 필요 있을까?"

"난 그러고 싶어. 할아버지도 내가 성공하길 바라는 것 같아."

"뭐?"

"어쩐지 그런 것 같아. 진짜로 아무것도 나눠 주기 싫다면 이렇게 많은 작물을 키울 이유가 없잖아?"

"그럼 그냥 나눠 주면 되지 왜 고집을 부려? 너한테 이런 고생까지 시키고?"

"두 가지 마음이 있어서가 아닐까? 나눠 주기 싫다, 나눠 주고 싶다. 두 마음이 싸우고 있는데 결정을 못 하는 거야. 그래서 내 도움이 필요한 거야."

"네 도움?"

"엄마도 망설여질 때 있지 않았어? 옷 같은 거 살 때 말이야. 나는 옛날에 과자 고르기가 그렇게 힘들었거든. 그럴 때 누가 옆에서 거들어 주면 결정이 쉬웠던 것처럼…… 할아버지도 내가 결정해 주길 바라는 거야."

"뭘?"

"사람들이 먹을 자격이 있다는 거. 그걸 내가 증명해 주길 바라는 게 아닐까?"

엄마가 나를 바라보며 오묘한 미소를 지었다. 내가 어른스럽다고 생각하는 것 같았다. 하지만 이내 고개를 저었다.

"아무리 생각해도 엄마는…… 할아버지가 그냥 심술 부리는 것 같은데? 내가 당했으니 너희도 당해 봐. 너희가 내 심정을 알아? 그런 것 같은데?"

"아무튼 도와줘. 더 빨리 움직이면 될 것도 같아."

엄마는 마지못해 나를 돕기로 했다. 엄마와 나는 서로 경쟁하듯 잡초를 뽑았다. 소미도 와서 도왔다. 하지만 아무리 빨리 움직여도 돌아보면 또 잡초들이 자라고 있었다.

"이건 완전 말판 뒤집기 게임이네."

엄마가 흐르는 땀을 팔뚝으로 닦으며 한숨을 푹 내쉬었다. 정말 그랬다. 열심히 판을 뒤집어 흰색 바닥을 만들어 놓으면 상대방은 그걸 다시 뒤집어 검은색 바닥으로 만드는 게임 말이다.

"봉구야!"

나는 봉구를 찾아가 사정을 이야기하고 도와달라고 부탁했다. 비밀 정원이 진짜로 있다는 말에 봉구는 깜짝 놀랐다.

"도와주면 뭐 줄 건데?"

"내 몫을 나눠 줄게."

"약속!"

봉구는 신이 나서 나를 따라왔다. 할아버지의 비밀 정원을 보고는 무척 놀랐다. 커다란 딸기와 과일을 먹어 보고는 온몸을 떨며 전율했다.

"그럼 시작해 볼까?"

봉구는 정말 손이 빨랐다. 이런 일을 어릴 때부터 많이 해 본 것 같았다.

넷이 하니 속도가 더 빨라졌다. 하지만 아직은 역부족이었다. 해가 기울 때쯤 처음 자리에 작은 잡초들이 다닥다닥 올라왔다. 작아서 더 뽑기 어려웠다.

"안 되겠다. 애들 몇 명 더 데려와야겠어."

봉구는 마을에 가서 다른 아이들을 셋이나 더 데려왔다.

이제 일곱 명이 잡초를 뽑기 시작했다.

드디어 점심때가 조금 지났을 무렵 잡초를 다 뽑았다. 맨 처음 뽑은 자리도 깨끗했다. 정원이 깔끔해졌다.

"할아버지!"

나는 지하 연구실 문을 두들겼다. 잠시 후 할아버지가 문을 열고 올라왔다.

"다 뽑았어요!"

할아버지는 말끔해진 정원을 둘러보고 놀란 것 같았다. 하지만 겉으로 내색은 하지 않으려고 애쓰는 것 같았다. 할아버지는 기대에 찬 얼굴로 숨죽이고 서 있는 모두를 쳐다봤다.

"이건 반칙이다."

"왜요? 저 혼자 해야 한다는 말은 없었잖아요!"

"비밀을 지키지 않았지."

할아버지가 봉구와 아이들을 손가락으로 가리켰다. 이어서 뒷짐을 지고 돌아섰다. 다시 연구실로 내려가려고 할 때 나는 소리쳤다.

"할아버지가 정말 보고 싶은 건…… 우리가 실패하는 게 아니잖아요!"

"뭐라고?"

"사실은 제가 이기는 걸 보고 싶었던 거 아녜요? 저 혼자였다면 아마 실패했을 거예요. 하지만 모두 힘을 합쳐서 해냈어요."

"그래서?"

"사람들은 먹을 자격이 없다고 하셨죠? 잡초처럼 못된 인간들이 많아요. 아무리 뽑아도 또 자라겠죠. 하지만 우리가 힘을 합쳐서 해냈어요. 잡초를 뽑았다고요! 잠깐이지만 정원이 깨끗해졌어요. 할아버지는 그걸 보고 싶었던 거 아니에요?”

“······.”

“제발 마을 사람들에게도 먹을 걸 나눠 주세요. 처음부터 그
러려고 하셨던 거잖아요.”

“······.”

할아버지가 나와 엄마와 봉구와 아이들을 하나하나 바라보
았다. 모두 땀과 흙으로 범벅이 되어 있었다. 할아버지는 갈등
하는 것 같았다. 우리는 모두 한마음으로 할아버지의 대답을
기다렸다.

“멍청이.”

할아버지가 말했다.

“네?”

“멍청이라고 했다. 이 녀석들은 얻어먹을 게 있으니까 널 도
왔을 뿐이야. 뭐 대단히 감동적인 일인 것처럼 흥분하지 마라.”

“너무해.”

소미가 울먹였다.

할아버지는 고개를 휙 돌렸다. 그리고 마지못해 허락한다는
듯 말했다.

“딱 일주일이다! 마을 사람들에게 일주일 동안만 먹을 걸 나

뉘 줘라. 그 후엔 절대 안 돼."

"저, 정말요?"

"고맙습니다!"

아이들이 기쁜 얼굴로 환호성을 질렀다. 할아버지는 웃지 않
았다.

나는 봉구와 함께 과일과 열매 채소를 따서 손수레에 가득
실었다. 더이상 쌓을 수 없을 만큼 넘치도록 싣고 마을로 신나
게 달려갔다. 길에서 제일 먼저 마주친 아주머니에게 말했다.

"우리 할아버지가 키운 거예요. 마을 사람들이 다 먹어야 하
니까 좋아하는 걸로 하나만 고르세요!"

"정말? 아니, 이 귀한 걸……."

아주머니는 눈이 동그래져서 침을 꼴딱 삼키며 참외를 골라
껍질째 한입 베어 먹었다. 얼굴에 함박웃음이 폈다.

"아이고, 달다! 어쩜 이렇게 맛있니! 이게 얼마 만이냐?"

우리는 신나게 경로당으로 갔다. 할아버지와 할머니들이 생
기 없는 얼굴로 시간을 죽이고 있다가 과일 수레를 보자 동작
이 빨라졌다.

"한 개씩이면 제일 큰 걸로 해야지. 수박 가져가도 되냐?"

"난 딸기가 좋아."

"이건 사과를 닮았는데 어떻게 이렇게 크냐?"

"이건 배 맞지? 처음 먹어 보는 맛인데 엄청 달다. 아주 달아."

"이건 소고기 스테이크 같아. 과일 맞냐? 어떻게 이런 식감이 나오지?"

옥수수와 고구마를 찌는 냄새가 폴폴 났다. 소문을 듣고 마을 사람들이 모여들었다. 시끌벅적 웃음소리가 끊이지 않았다. 잔치가 벌어진 것 같았다.

"할아버지께 고맙다고 인사 전해다오."

"죽기 전에 이 귀한 걸 다 먹어 보는구나. 정말 고맙다. 고마워."

눈시울을 붉히는 사람도 있었다.

"내일도 주냐?"

"네. 일주일 동안이에요."

"그래, 그래."

나는 기뻤다. 할아버지가 자랑스러웠다. 마을 사람들이 얼마나 좋아하는지 할아버지가 꼭 봤으면 했다.

"할아버지도 꼭 보셔야 해요. 마음이…… 막 이렇게 부풀어

오르고 하늘을 날아갈 듯 기뻤어요. 내일은 할아버지도 같이 가요. 네?"

나는 흥분해서 할아버지를 졸랐다. 그러나 할아버지는 웃음기 없는 얼굴로 심드렁하게 말했다.

"일없다."

"에이, 할아버지도 좋으면서……."

"멍청이……."

일주일 내내 손수레가 분주히 마을을 오갔다. 마을 사람들은 새벽부터 경로당 앞에 모여서 우리를 목이 빠지게 기다렸다.

그러나 마지막 날은 모두의 표정이 어두웠다. 땅이 꺼질 듯 한숨을 쉬었다.

"정말 내일부턴 안 오는 거냐?"

"네……."

"아쉽구나."

"저도요."

이른 아침, 시끄러운 소리에 눈을 떴다. 밖에서 웅성거리는 소리가 들렸다. 나가 보니 마을 사람들이 몰려와 있었다.

"부탁입니다. 과일을 좀 더 나눠 주시면 안 될까요? 우리 아이가 먹고 싶어 울고불며 보채고 있어요. 제 손이라도 씹어 먹을 것 같아요."

"인심 쓰신 김에 조금만 더 나눠 주세요. 네? 죽기 전에 한번이라도 배불리 먹고 갈 수 있게 도와주세요! 저는 살날이 얼마 안 남았어요."

누구는 두 손을 비비며 빌었고 누구는 철문을 잡고 울먹이며 하소연했다.

나는 할아버지의 연구실로 갔다. 할아버지는 모니터로 대문 앞에 몰려온 사람들을 지켜보고 있었다. 나는 할아버지에게 부탁했다.

"며칠만이라도 더 주시면 안 될까요?"

"안 돼."

"할아버지……."

"이제 저들이 어떻게 하는지 두고 봐라."

"네?"

"날마다 조금씩 달라질 거야."

그때까지만 해도 나는 할아버지가 무슨 말을 하는지 이해하지 못했다.

몰려온 사람들

"참, 나…… 더럽고 치사해서 안 온다!"

"에이, 냉혈한 같으니…… 캬, 퉤!"

"인정머리 없는 고약한 노인네 같으니라고! 우리 동네의 수치다!"

철문 앞에 모여선 사람들은 아무리 부탁하고 사정해도 소용없자 욕을 하기 시작했다.

대문 앞에 시뻘건 페인트로 낙서를 해 놓았다.

"혼자 실컷 먹고 배 터져 죽어 버려라!"

"지옥에나 떨어져라."

그러더니 마당으로 돌맹이를 던졌다. 유리창이 박살났다. 소

미가 놀라서 귀를 막고 주저앉아 비명을 질렀다. 나는 소미를 끌어안았다.

사람들이 철문에 다닥다닥 붙어서 함부로 흔들어 대며 고함을 질렀다.

"내놔!"

"내놔!"

"내놔!"

철대문을 숟가락과 막대기로 힘껏 두들겼다. 하나같이 모두 무서운 얼굴을 하고 있었다.

"이제 알겠니? 물에 빠진 사람을 구해 줬더니 보따리 내놓으란다는 말이 괜히 있는 게 아냐. 이래서 내가 아무것도 나눠 주지 않겠다는 거다. 봐라, 적반하장 아니냐? 인간은 저런 존재다."

할아버지는 몹시 화가 났다. 몰려온 마을 주민들에게 가서 말했다.

"당장 돌아가시오. 당신들에겐 이미 충분히 베풀었소! 더는 없어요!"

그때였다.

성나고 흥분한 마을 주민들 틈을 헤집고 한 남자가 앞으로 나섰다. 개고기 장수였다.

"인간의 탈을 쓰고 어떻게 이럴 수 있지? 당신 눈에는 배고프고 굶주린 사람들이 안 보이는 거요? 혼자만 배불리 먹으면 다야? 피도 눈물도 없는 늙은이 같으니라고!"

"자네가 주민들을 부추겼군. 무단침입으로 신고하기 전에 돌아가!"

"자기밖에 모르는 지독한 노인네. 지옥에나 떨어져라!"

개장수가 소리치자 마을 주민들이 숟가락으로 박자를 맞춰서 철문을 두들기며 외쳤다.

"지옥에나 떨어져라!"

깊은 밤이었다. 마을 주민들은 돌아가지 않고 대문 앞에서 버티며 가끔씩 소란을 피웠다. 돌덩이가 날아오기도 했다.

그때 지금까지와는 다른 소리가 들렸다. 개고기 장수가 철문의 경첩을 함마로 때려부수고 있었다. 마을 사람들이 달라붙어 철문을 마구 흔들어 댔다.

철문이 이빨 빠지듯 흔들리더니 마침내 바닥으로 넘어졌다.

"와아!"

주민들이 함성을 지르며 마당으로 몰려들어 왔다. 수레를 끌

고 온 사람, 장바구니를 들고 온 사람, 박스를 들고 온 사람들이 유리 정원으로 몰려갔다.

"오빠, 무슨 일이야?"

소미가 졸린 눈을 비비며 나에게 다가왔다.

"아, 안 돼, 소미야. 오지 마. 다쳐!"

나는 소미를 끌어안고 등을 돌렸다. 그러나 무섭게 달려오는 사람들에게 이리저리 치여 넘어졌다. 그래도 소미를 감싸안은 손을 풀지 않았다. 한 무리의 사람들이 유리 정원으로 뛰어간 후에도 또 사람들이 몰려왔다.

심장이 쿵쿵 뛰었다.

숨이 가빴다.

소미를 꽉 잡고 다치지 않게 하려고 안간힘을 썼다. 소미는 무서워 떨고 있었다.

"소미야, 안에 들어가 있어."

간신히 소미를 집에 들여보내고 나도 유리 정원으로 뛰어갔다.

사람들은 정원의 과일과 채소들을 마구 훔치고 있었다. 닥치는 대로 수레에 옮겨 싣고 가방에 담고 바구니에 담았다. 아예 뿌리째 가져가려고 삽으로 흙을 뜨는 사람도 있었다.

이들을 지휘하고 있는 사람은 개장수였다.

"서둘러! 뭘 꾸물거리고 있어? 닥치는 대로 다 가져가!"

그때 할아버지가 지하 연구실에서 올라왔다.

"이게 무슨 짓이야!"

할아버지가 핏발 선 눈으로 온몸을 부들부들 떨며 호통쳤다.

"비켜, 이 영감아!"

개장수가 할아버지를 밀쳤다. 할아버지가 맥없이 쓰러졌다.

나는 할아버지에게 달려갔다.

"할아버지 괜찮아요?"

그때 그르르릉 이빨을 드러내고 사방에서 강아지들이 모여들었다. 개장수의 철장에 갇혀 있다가 구조된 강아지들이었다.

강아지들이 개장수를 향해 다가오자 개장수는 흠칫 놀랐다.

"이 녀석들…… 저리 안 가?"

개장수가 소리치는 순간 이빨을 드러낸 개들이 달려들었다. 개장수는 발목과 허벅지와 엉덩이를 물렸다. 미친 듯이 비명을 지르며 팔을 허우적이고 발로 차면서 허겁지겁 도망쳤다.

그 모습을 본 마을 사람들도 겁에 질려 주춤주춤 물러서더니 도망치기 시작했다.

유리 정원은 쑥대밭이 되었다. 바닥에 넘어진 할아버지는 몸을 일으켜 바닥에 앉았다.

허탈한 눈으로 짓뭉개진 정원을 바라보며 할아버지가 말했다.

"못된 것들…… 동물들도 이러진 않아."

할아버지는 드릴로 대문 기둥에 구멍을 뚫었다. 귀청이 떨어질 것같이 요란한 소리가 났다. 나는 할아버지를 도와 넘어진 철대문을 일으켜 세웠다. 경첩을 다시 끼운 할아버지는 떨어진 부분을 용접으로 때웠다. 불꽃이 튀었다.

"할아버진 어떻게 못 하는 게 없어요?"

"멸망의 날을 대비했으니까. 누구의 도움도 받을 수 없을 때가 오면 뭐든 혼자 해야 할 것 아니냐. 그래서 배워 뒀지. 너도 해 볼 테냐?"

이어서 할아버지는 가느다란 줄을 대문에 칭칭 감았다.

"그건 뭐예요?"

"전기 목책기다. 줄을 만지면 고압 전류에 감전돼. 원래는 산짐승으로부터 작물을 보호하기 위해서 치는 거지만 지금은 인간을 막으려고 치는 거야."

할아버지는 철조망 울타리를 따라가며 고압선을 설치했다.

"뭘 보고 섰어? 도와라."

할아버지는 울타리를 따라 가며 세 줄로 고압선을 쳤다. 나는 따라가며 '고압선 감전주의'라고 쓴 팻말을 달았다.

"민달아!"

봉구가 대문 앞으로 다가오다가 멈칫했다. 뒤에는 봉구 손에 억지로 끌려온 봉구 아빠가 고개를 비스듬히 숙인 채 서 있었다.

"할아버지, 안녕하세요?"

봉구가 꾸벅 인사했다.

"어제는 너무 많이 놀라셨죠? 죄송해요. 아빠가 정말 죄송하다고…… 직접 사과하는 게 좋겠다고…… 그래서 같이 왔어요."

봉구가 아빠를 돌아보며 고개를 끄덕였다. 그러나 봉구 아빠는 뒷짐을 지고 어색하게 서 있기만 했다.

"어, 얼른!"

봉구가 눈치를 보며 재촉했지만 봉구 아빠는 입술을 꽉 다문 채 발로 땅만 문질렀다.

"빨리 사과하라고!"

봉구가 아빠를 재촉하더니 할아버지 쪽으로 등을 밀었다.

"아, 놔. 이놈아."

봉구 아빠는 참았던 말을 해야겠다는 듯 고개를 들었다.

"아빠 사과할 맘 없어. 너 때문에 억지로 끌려온 거야. 오면서는 좀 미안한 마음이 들기도 했지만…… 뭐, 감전주의? 저걸보니 맘이 확 바뀌었다. 솔직히 지금이 평상시냐? 다들 굶어 죽어 나자빠지는 시대 아니냐? 그런데 먹을 걸 쌓아 놓고 문 딱걸어 잠그고 혼자만 살겠다는데…… 뭐가 미안해? 사람이 그러면 안 되는 거야."

봉구 아빠가 획 돌아섰다. 봉구는 더욱 난처해져서 할아버지쪽으로 허리를 꾸벅 숙이고 연신 죄송하다고 했다.

"일없다."

지켜보고 있던 할아버지가 돌아섰다. 봉구는 다시 한번 죄송하다고 말하고는 자기 아빠를 부르며 허겁지겁 뛰어갔다.

나는 지하 연구실로 계단을 타고 내려갔다. 할아버지는 책상에 앉아 노트북으로 뭔가를 하고 있었다. 뒤에서 힐끗 보니 그동안 연구한 것들을 모아 놓은 자료 같았다. 복잡한 설계도면과 화학공식과 도표와 그래프 같은 것들이 가득했다.

기후 위기, 식량 위기, 인공위성과 날씨, 토양, 비료, 첨단 스마트 농법, 골든 씨드, 유전자의 형질, 새로운 품종…… 등등 보기만 해도 머리가 복잡해지는 단어들이 보였다. 책상 위엔 영어로 된 문서들이 가득했다.

"또 무슨 할 말이 있냐?"

"봉구 아빠 말처럼 지금은 좀 특별한 상황이잖아요. 할아버지한테는 마을 사람들을 충분히 먹일 수 있는 식량이 있구요."

"모두가 배고픈데 왜 마을 사람들만 도움을 받아야 하지?"

"네?"

"그 기준이 뭐냔 말이다."

"가, 가까운 이웃이니까?"

"이웃?"

"모든 사람에게 다 나눠 주고 싶지만 그럴 만큼은 양이 안 되니까…… 인류를 구할 순 없어도…… 몇 명은 구할 수 있잖아요."

"다만 몇 명이라면 차라리 식량난민을 도와주는 게 낫지."

"아, 좋은 생각이에요."

"하지만 식량난민도 수가 엄청 많아. 그중 누구에게 줄 거냐?"

"그러니까 다만 몇 명이라도……."

"딱 한 명!"

113

"네?"

"네 아빠가 식량난민 수용소에서 군의관을 하고 있지? 가서 딱 한 명만 데려와. 실컷 먹여 주마."

"정말요?"

"훔쳐보지 마라."

할아버지가 노트북 모니터를 몸으로 가렸다. 이럴 땐 꼭 아이 같다.

"봐도 몰라요."

"아무튼."

"근데 이번엔 저한테 뭘 보여 주시려는 거예요? 강아지를 구해오라든가, 잡초를 뽑으라든가, 일주일만 나눠 주라든가…… 그때마다 할아버지는 제 생각이 틀렸다는 걸 스스로 깨달으라고 하셨던 것 같아요."

"아주 멍청이는 아니구나."

"이번엔 뭔데요?"

"가 보면 알아."

식량난민 수용소

아빠에게 전화해서 사정을 설명했더니 아빠가 차를 보내주겠다고 했다.

전에 식량을 싣고 왔던 군인 아저씨가 지프차를 타고 왔다. 나는 그 차를 타고 아빠가 일하고 있는 식량난민 수용소로 갔다.

꽤 먼 길을 달려서 도착한 곳은 항구의 수산시장이었다. 예전에는 활기찬 시장이었지만 지금은 황량한 폐허처럼 변해 버렸다고 했다.

수산물 창고로 쓰던 녹슨 철제 건물들이 난민 수용소였다.

비릿하고 역한 냄새가 코를 찔렀다.

총을 들고 보초를 선 군인이 우리가 들어서자 경례를 했다.

넓은 창고 바닥에 매트리스를 깔고 앉은 난민들이 빽빽했다. 줄에 널어 놓은 빨래는 걸레 같았고 수건에선 역한 냄새가 났다. 탁한 물이 담긴 물병과 제대로 씻지 못한 그릇들이 쌓여 있었다. 공동 샤워장과 세면장엔 줄이 길었다. 이불을 터는 사람과 먼지 날린다며 저리 가서 하라고 고함치는 사람이 시끄럽게 언쟁을 했다. 누군가는 때가 긴 손톱으로 자기 몸을 긁고 있었다. 벽에 설치된 분사구에서 수시로 하얀 소독약 가루가 뿜어져 나왔다. 아이들은 그 아래에서 뛰어다니며 장난을 쳤다. 매트리스에 누워 있는 난민들 중에는 깁스를 하거나 붕대를 감고 있는 환자들도 많았다. 진물이 흐르는 상처에 새로 붕대를 감는 모습이 너무 안타까웠다.

아빠가 일하는 진료실 앞에 갔다. 아빠가 환자들을 돌보고 있다가 나와 눈이 마주쳤다. 손짓으로 안으로 들어가라 했다.

사무실로 들어가 조금 기다리자 아빠가 들어왔다. 마스크를 벗고 피 묻은 손을 벽에 붙어 있는 세면대에서 씻었다.

"모처럼 아들이 왔는데 귀한 걸 대접해야지?"

아빠가 군용 마크가 찍힌 팩에 든 음료수를 내밀었다. 과일 즙이 들어간 달콤한 주스였다.

그런데 아빠 걸음걸이가 이상했다. 저는 것 같기도 했다. 걸을 때마다 아픈 걸 숨기려고 하는 것 같았다.

"아빠, 걸음이 왜 그래?"

"아무것도 아냐. 좀 다쳤어."

"얼마나?"

나는 아빠의 군복 바지를 걷어 올렸다. 아빠 종아리에 붕대가 감겨 있었다. 상처가 깊은지 붕대에 핏자국이 배어나 있었다.

"많이 다쳤잖아."

"괜찮아. 이젠 다 나았어."

"부러졌어?"

"아니, 총알이 스쳤어. 종아리 근육을 좀 다치긴 했지만 곧 나을 거야. 아빤 전투를 하는 군인은 아니니까…… 진료실에서 왔다 갔다 하는 덴 아무 지장 없어."

"왜 말을 안 했어? 그래서 저번에 직접 오지 않고 부하를 보낸 거야? 우리가 걱정할까 봐?"

"뭐, 어차피 알게 될 테고 여기 난민들 중에 환자가 너무 많기도 했고…….'

"진료실에만 있는데 어떻게 총을 맞아?"

"그러게 말이다. 하하."

아빠가 머쓱하게 웃었다. 지금 웃음이 나오냐고 소리치고 싶

었지만 그러지 못했다. 아빠는 애써서 괜찮은 척을 하고 있는
거다. 내가 울고불고하면 더 속상할 거다. 나는 입술을 꽉 다물
었다.

"그건 그렇고 엄마한테는 비밀."

"알았어. 소미한테도 말 안 할게."

"소미?"

"응. 걘 아직 어리잖아. 아빠가 총 맞았다는 소리 들으면 기
절할 거야."

아빠가 안타까운 얼굴로 나를 보다가 끌어안았다. 그리고 등
을 토닥이며 말했다.

"아빠 없는 동안은 네가 엄마를 지켜야 해. 그래도 할아버지
덕분에 굶지는 않는다니 다행이다."

"응."

아빠가 책상으로 가더니 서랍에서 서류를 몇 장 꺼냈다.

"일단 몇 명을 골라 봤는데 너도 한번 보겠니? 생각보다 정
말 어렵구나."

아빠가 내민 서류에는 뭔가 죄지은 듯 잔뜩 주늑이 든 얼굴
의 난민 사진이 있었다.

"1번은 언제 죽을지 모르는 중환자야. 죽기 전에 마음껏 배

불려 먹을 수 있다면 좋겠지. 2번은 건강하고 어린 아이야. 결국 끝까지 살아남을 가능성이 높은 아이지. 3번은 가난한 나라의 국적을 가진 아이다. 아무래도 가난한 나라일수록 기후 재난에 대한 책임이 적으니까 혜택을 받아도 좋겠다 싶었고."

나는 아빠가 고른 세 명의 사진을 보았다. 정말 누구를 골라야 할지 결정을 내릴 수 없었다. 모두를 구하고 싶지만 결국 선택을 해야 할 때 어떤 기준으로 해야 아무도 불만이 없을까?

한참 고민을 하고 있는데 사무실 전화가 울렸다. 전화를 받은 아빠는 통화를 하면서 사무실을 왔다 갔다 했다. 좀 흥분한 것 같았다.

뭐가 잘못된 걸까?

불길했다.

전화를 끊은 아빠가 책상에 털썩 앉더니 깍지 낀 손으로 턱을 받쳤다.

"민달아, 고민하지 않아도 돼. 위에서 명령이 내려왔어. 한 명도 못 데려가."

"왜?"

"몰라. 어쨌든 아빤 명령에 따라야 해. 그리고 추방령이 떨어졌어. 내일 당장 고무 보트에 난민들을 태워야 해."

"어디로 보내는데?"

"원래 자기 나라로 보내야지. 나라가 없어진 난민들은 공해 상에서 방류할 거야."

"고무 보트에 태워서 바다에 놓고 온다고? 그럼 죽으라는 거 잖아!"

"아빠도 그런 방식의 추방엔 반대야. 이러다 자칫 국가 간 전쟁의 불씨가 될까 걱정이다."

"전쟁의 불씨?"

"아빠가 난민이 쏜 총에 맞았다는 걸 비밀로 하려는 이유도 그거야. 이걸 빌미로 전쟁까지 끌고 갈 수도 있으니까."

"아아……."

나는 머리가 혼란스러웠다. 그냥 할아버지의 유리 정원에 먹을 게 있으니 식량난민에게 주고 싶다는 게 다였다. 그런데 그게 왜 이렇게 힘든 걸까? 또 전쟁이라니!

"방법이 하나 있긴 해."

아빠가 말했다.

"뭔데?"

"식량난민이 아닌데 억울하게 여기 붙잡혀 왔다고 주장하는 아이가 있어. 생김새는 동남아 아이인데 미성년자라 신분증도 없고…… 양쪽 부모는 돌아가셨다는데 가족관계증명서도 없어. 그렇지만 아빠 생각엔 그 아이가 거짓말을 하는 것 같진 않아."

"어째서?"

"일단 식량난민치고는 우리말을 아주 잘해. 얘길 해 보니까 한국에서 어릴 때부터 살았다는 걸 알 수 있었어. 다만 확실한 증명서가 없을 뿐이지. 그 아이를 데려가는 건 어떻겠니?"

"그래도 돼?"

"진짜 난민을 데려가면 나중에 아빠가 명령 불복종으로 처벌을 받을 수도 있어. 하지만 이 아이라면 반론의 여지가 있지. 혹시라도 난민이 아닌데 추방했다면 그건 멀쩡한 자국민을 죽음으로 내몬 셈이 되니까 내보낼 수밖에 없었다고 하면 돼."

아빠가 사진 한 장을 내밀었다.

"그 아이다. 이름은 박응우."

나는 아빠가 내민 사진을 보았다. 어디서 본 것 같은 얼굴이었다.

아, 맞다.

그 소매치기.

그때도 녀석은 자기가 베트남 엄마와 한국인 아빠 사이에서

태어난 한국인이라고 주장했었다. 외모 때문에 오해를 받아 억
울하다고. 결국 식량난민 수용소에 끌려온 건가?

"만나 볼래?"

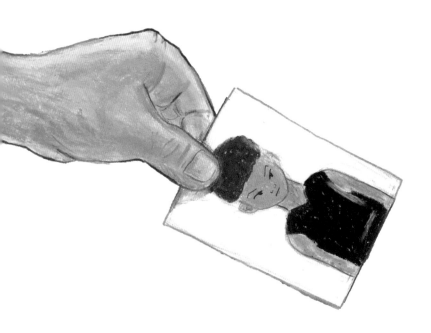

응우를 데려온 이유

아빠가 부하에게 응우를 데려오라고 했다. 그런데 부하는 그 자리에 가만히 서서 납득할 수 없다는 표정으로 아빠를 바라보기만 했다.

"왜? 무슨 문제 있나?"

"군의관님. 그 아인…… 군의관님을 총으로 쏜 녀석입니다!"

"그건 사고였어."

"그렇지만……."

아빠는 다시 한번 진지하게 부하에게 명령했다. 그러자 부하가 나를 봤다.

"너도 괜찮겠니?"

"아, 아빠? 어떻게 된 거야? 아빠를 쏜 게 이 아이라고?"

"그래. 하지만 그건 사고였다."

아빠가 웅우를 변호하며 말해 주었다.

웅우는 수용소에 끌려와서 억울함을 호소했지만 아무 소용이 없었다. 몇 번이나 수용소를 탈출하려 했지만 그때마다 붙잡혔다.

그러던 어느 날 식량난민들이 폭동을 일으켰다. 식량난민 중에는 총을 숨겨 온 이들도 있었다. 우리 군인에게 제압당한 난민이 총을 떨어뜨렸고 그때 떨어진 총을 웅우가 주워 들고 마구 쐈다. 그리고 하필이면 그 총알이 아빠의 다리에 스쳤다는 것이다.

나는 혼란스러웠다.

아빠가 내게 물었다.

"싫으냐?"

"나 이 아이 알아. 소매치기였어. 엄마와 소미가 먹을 식량 배급표와 쌀을 훔쳐 갔어. 그런데 그게 다가 아니라 아빠 다리까지 이렇게 만들었잖아."

아빠는 혼란스러워하는 나를 이해한다는 듯 어깨를 두드려 주었다.

"결정은 네가 해."

나는 생각하고 또 생각했다. 하지만 답이 없는 문제를 받아 든 것처럼 막막한 기분만 들었다.

한참을 고민하던 끝에 나는 아빠에게 물었다.

"아빠 생각은?"

"이미 말했잖아? 너만 괜찮으면 데려가. 가서 실컷 먹게 해 줘."

"그럼…… 데려갈게."

"정말?"

"응."

"이유를 물어도 될까?"

아빠가 물었다. 부하 군인 아저씨는 아빠도 나도 이해할 수 없다는 듯한 얼굴이었다.

"나도 지금은 설명을 못 하겠어."

잠시 후 부하 아저씨가 응우를 데려왔다. 걸레 같은 옷을 걸 친 그 아이는 몸이 더 말랐고 눈빛은 처음 봤을 때보다 사납게 변해 있었다. 오면서 무슨 상황인지 설명을 들은 듯 응우는 어리둥절한 눈으로 우리를 둘러봤다.

"진짜예요? 속임수 아녜요?"

응우가 의심의 눈빛으로 물었다.

"속임수라니?"

"먹여 준다고 속이고 밖으로 데려가서…… 총으로 쏴 죽이고…… 아무 데나 버린다든가……."

아빠가 일어나 응우에게 다가가 어깨를 잡았다.

"응우야. 거리 생활이 힘들었지? 사람 말을 믿지 못하는 것도 이해해."

응우가 아빠를 쳐다봤다. 믿어도 되나? 저 말이 진실일까? 표정은 진심 같은데 그래도 조심해야지, 생각하는 것 같았다.

"네가 진짜 한국인이라면…… 여기에 가둬서 미안하다. 네가 만약 거짓말을 한 거라면…… 그것도 미안하다. 어린아이들에게 이런 고통을 안겨 준 어른으로서 사과하마. 아무튼 나는 네가 민달이를 따라가서 배불리 먹었으면 좋겠다."

응우의 눈가가 촉촉해졌다. 아직 믿을 수 없지만 아빠의 말에 위로를 받은 것 같았다.

응우는 팔뚝으로 흘러넘치려는 눈물을 닦으며 울지 않으려고 이를 악물었다.

"가자."

부하 아저씨가 문을 열었다. 내가 먼저 나가려는데 웅우가 따라나오다 멈추더니 아빠를 향해 돌아서서 말했다.

"군의관님 다리…… 일부러 그런 건 아니에요. 정말 죄송해요."

집으로 돌아오는 지프 차 안에서 나는 아무 말도 하지 않았다. 옆자리에 앉은 웅우도 아무 말이 없었다.

나는 왜 웅우를 데려가는 걸까?

아빠한테 총상을 입힌 녀석인데…… 못된 소매치기이고 개장수와 한패였는데…… 왜?

웅우의 말이 모두 사실이라면 얼마나 억울할까? 얼마나 슬프고 얼마나 무서울까?

웅우가 한 짓을 생각하면 밉고 싫지만 동시에 불쌍했다.

이 복잡한 감정은 뭐지?

그냥 두고 왔어야 할까?

나는 왜 이 아이를 데려가는 거지?

생각에 골몰하다가 힐끗 웅우를 봤다. 웅우는 무슨 생각을 하는지 알 수 없는 얼굴로 창밖만 쳐다보고 있었다.

이럴 땐 나한테 미안하다, 고맙다, 그런 말이라도 해야 하는

거 아냐?

뻔뻔하고 못됐다.

깜빡 잠이 들었다가 깼더니 어느새 집 앞이었다. 부하 아저씨는 우리를 내려주고 돌아갔다.

나는 응우를 데리고 들어갔다.

할아버지가 유리 정원에서 웅크린 채 일을 하고 있다가 우리를 보고 일어섰다.

응우는 유리 정원에 가득한 탐스런 열매와 신선한 채소들을 보고 눈이 둥그레졌다. 침을 꼴깍 삼켰다. 진짜였구나 하는 얼굴이었다.

"네 아빠와 통화했다."

할아버지가 장갑을 벗으며 말했다.

"식량난민을 데려오라고 했더니 거짓말쟁이를 데려왔구나?"

"거짓말 아네요!"

응우가 발끈했다.

"진짠지 거짓말인지는 응우밖에 모르겠죠. 증명할 수 없으니까. 하지만 식량난민 수용소에서 데려왔으니 일단은 식량난민 맞아요."

내가 말했다.

"누굴 데려와야 할지 한참 고민했다던데?"

"맞아요. 고르기 너무 힘들었어요."

"난민들은 곧 추방된다지?"

"네."

망망대해 한가운데 고무 보트에 실려 간 난민들이 아우성치는 모습이 떠올랐다. 그들은 보트 안에서 어떻게 버틸까? 목이 마르고 배가 고플 텐데. 끔찍한 생각이 자꾸 떠올랐다.

"아마 죽을 거예요."

"봐라. 나라의 결정도 할아버지와 다르지 않잖니? 나라는 자기 국민이 우선이고 가족은 제 식구가 먼저고 개인은 자기 자신이 우선이다. 그런데 너는 자꾸만 말도 안 되는 걸 요구하고 있어. 모든 사람을 구하고 싶다니 어리석은 생각 아니냐?"

나는 모든 사람이 할아버지가 만든 과일과 채소를 먹었으면 좋겠다고 생각했다. 그런데 그 생각은 틀렸다는 것이다. 뭔가 아닌 것 같은데 할아버지의 말을 조리 있게 반박할 수 없었다.

"이제는 할아버지 생각이 옳다는 걸 알았을 텐데 저 아이는 왜 데려온 거냐? 네 아빠에게 총까지 쏜 녀석을 말이야."

"실은 오면서도 그 이유를 몰랐어요. 제가 왜 그랬는지……

계속 고민했어요. 그런데 지금 한 가지는 알 것 같아요."

"뭐냐?"

"응우가 한때는 소매치기였고 우리를 힘들게 했고 아빠를 다치게 한데다 뻔뻔하고 못된 녀석이기 때문이에요."

"그게 무슨 괴변이냐?"

"저는 할아버지가 모든 사람에게 식량을 나눠 주길 바랐어요. 그런데 그 모든 사람 속에는 응우 같은 아이도 있었어요. 할아버지한테 욕을 하고 정원을 털어 간 사람들도 모든 사람 중의 하나였어요."

"당최 무슨 말인지……."

"모든 사람 안에는 내가 좋아할 만한 사람만 있는 게 아니에요. 못되고 뻔뻔하고 이기적인 사람도 섞여 있어요. 나한테 해를 끼치는 사람도요. 그러니까 모든 사람에게 식량을 나눠 주고 싶다면…… 응우 같은 아이에게도 줘야죠. 그래서 데려온 거예요."

할아버지가 잠시 침묵했다.

"나는 네가 무슨 말을 하는지 모르겠구나."

정말 모르는 걸까? 할아버지가 몸을 돌리며 살짝 미소를 지은 것도 같았다. 하지만 착각인지도 모른다. 너무 간절히 바라

면 헛것도 보이는 법이니까. 헛것이 진짜처럼 보이고 말하는
소리가 들리기도 하니까.

"저도 모르겠어요. 그냥 뭔가…… 이렇게 하는 게 맞는 것 같
아요."

"역시 너는 그저 착해 보이고 싶은 멍청이야. 하지만…… 나
쁘진 않구나."

할아버지가 커다란 열매 하나를 따서 웅우에게 휙 던져 주
었다.

"마음껏 먹어라."

엄마는 하루 종일 바닷가에 나가 있었다. 방파제 위에 앉아서 하염없이 바다만 바라보았다.

엄마의 머리카락이 바람에 흩날렸다. 뒷모습이 외롭고 쓸쓸해 보였다.

망망대해를 바라보는 엄마의 눈동자는 초점이 없었다.

그런 엄마 곁에 소미가 나란히 앉아 있었다. 소미가 엄마의 등을 토닥여 주었다.

"엄마…… 뭐 해?"

나는 응우와 함께 방파제 위로 올라갔다. 엄마는 무릎을 모으고 턱을 괸 채 앉아서 손가락으로 수평선 쪽을 가리켰다.

"바다 색깔이 변하고 있는 것 같아. 검고 탁한 색이었는데 조금씩 푸른빛으로 변하고 있어."

나는 엄마가 가리키는 바다를 바라보았다. 웅우도 설마 하는 표정으로 자세히 보려고 애를 썼다. 하지만 이내 시선을 돌렸다.

"변하긴 개뿔. 똑같은데? 아니, 더 검고 탁해진 것 같은데?"

웅우가 중얼거렸다. 내가 봐도 웅우 말이 맞았다. 바다는 조금도 변하지 않았다.

"아냐. 어제는 돌고래도 봤어. 돌고래가 헤엄치다가 물 위로 솟구쳤어. 어찌나 멋지게 재주를 넘는지…… 좋은 징조야. 바다에 생명이 돌아오고 있다는 뜻이라고."

"엄마가 착각한 거야. 방사능에 오염된 바다는 쉽게 돌아오지 않는다고 했어."

"그런가?"

"봉구 말대로 해수면도 점점 올라오고 있는 것 같아. 처음엔 저기 용머리 바위가 목까지 보였는데…… 이젠 코까지만 보여. 이러다 마을이 바다에 잠길지도 몰라."

웅우가 나와 엄마를 번갈아 쳐다보며 말했다.

"서, 설마!"

"근데 이 돌들은 뭐야? 누가 올려 놨지?"

엄마 옆에는 발목 높이의 납작한 돌들이 잔뜩 놓여 있었다. 엄마가 돌들을 바라보며 말했다.

"엄마도 뭘 좀 해보려고."

"뭘?"

"방벽 쌓기."

나는 다시 한번 돌들을 봤다. 한 개를 들어 보니 엄청 무거웠다.

"엄마 혼자서 방벽을 쌓겠다고?"

"응. 덧이어서 더 높게, 더 길게…… 모두가 설마설마 하다가 이런 세상이 왔잖아? 엄마도 모두가 설마설마 하는 일을 해 보려고."

"하지 마! 혼자서 어떻게 방벽을 쌓아. 아무리 쌓아도 파도 한 번 치면 무너질 거야. 산 같은 쓰나미가 덮칠 거야. 엄마도 위험해."

"다들 그랬지."

"응?"

"할아버지가 식량 위기를 대비해 새로운 작물을 개발해야 한다고 주장했을 때…… 모두가 비웃고 조롱했지. 안 된다고, 하지 말라고."

"근데 사람들은 왜 그렇게 할아버지를 조롱한 거야?"

"할아버진 아무런 자격증도 없었거든. 박사도 교수도 아닌 사람이 혼자 독학해서…… 그런 주장을 하니 무시한 거지."

"자격증보단 실력이 중요한 거 아냐?"

"그땐 아무도 그렇게 생각하지 않았어. 지금도 그럴걸? 재난은 너무 먼 훗날의 이야기니까. 기후 재난도 식량 위기도 몇 십년 몇 백 년 후의 일이라고 생각했으니까. 설마 전쟁이 나고 핵이 터지겠어? 그랬던 거지."

엄마의 눈가가 촉촉했다. 할아버지 편이 아니었던 그때를 진심으로 후회하는 것 같았다.

"할아버지는 외로웠을 거야. 남들은 그렇다 쳐도 딸까지 비웃었으니까…… 그래서 이젠 엄마도 하려고. 남들의 비웃음과 조롱도 기꺼이 받을 거야. 이런다고 할아버지가 엄마를 용서할진 모르겠지만……."

엄마가 일어나더니 방파제 밑으로 내려갔다. 방벽을 쌓기 좋은 돌을 골라 다시 방파제 위로 올라왔다. 돌이 무거워 위태로워 보였다.

소미가 그런 엄마를 돕겠다며 따라나섰다. 자기가 들 수 있을 만한 작은 돌을 들고 끙끙댔다. 돌을 들고 걷는 모습이 마치

뒤뚱거리는 게 같았다.

"소미야, 넌 하지 마."

나는 소미를 말렸다.

"왜? 나도 엄마 도울 거야."

"이러다 다쳐."

바람이 세게 불어 소미의 머리카락이 마구 흩날렸다. 흩날린 머리카락이 눈을 가렸다.

"이리 와. 오빠가 머리 묶어 줄게."

나는 고무줄을 꺼내 소미의 머리를 묶어 주려고 했다. 그런데 아무리 해도 잘 되지 않았다.

"웅우야. 네가 좀 도와줄래? 넌 손재주가 좋잖아?"

"뭐라는 거야?"

웅우가 눈을 흘겼다.

"소미 머리 좀 묶어 달라고. 머리카락이 눈을 가려서 넘어질 것 같아."

"헐. 미쳤냐? 엄마도 그렇고 아들도 그렇고…… 다들 정상이 아냐. 이상해. 아주 이상해."

"싫으면 그만이지 왜 화를 내고 그래? 야, 어디 가? 웅우야?"

"그래, 나 소매치기다. 손재주 좋아!"

"아, 그것 때문에 그래? 미안해."

"아무튼 수용소에서 꺼내 주고 배불리 먹여도 주고…… 고마웠다. 이젠 내 갈 길 간다."

응우가 마을 쪽으로 걸어갔다. 몇 번이나 불렀지만 한 번도 돌아보지 않았다.

늦은 밤, 대문 두들기는 소리가 들렸다. 나는 잠에서 깨어 밖으로 나갔다. 응우가 우두커니 서 있었다.

문을 열어 주었다.

달빛에 응우의 터진 입술이 보였다. 얼굴에 생채기도 있었다.

"맞았어?"

"응."

"누가?"

"몰라도 돼."

"일단 들어와."

나는 응우를 데리고 집으로 들어가려 했는데 응우는 유리 정원 쪽으로 갔다.

"왜 그쪽으로 가?"

"난 저기서 잘래. 저기가 편하고 좋아."

"배고파서 온 거야?"

"그렇다고 해 두자."

웅우는 그렇게 말하고 고개를 들어 마당과 울타리를 쳐다봤다. 그러곤 유리 정원으로 들어가 벌렁 드러누웠다.

새벽녘, 아직 날이 밝기 전이었다. 갑자기 개 짖는 소리가 요란했다. 엄마와 소미가 깨어서 거실로 나왔다.

"밖에 무슨 일이지?"

"나가 볼게요."

나는 마당으로 나갔다. 개들이 유리 정원 쪽을 보고 마구 짖고 있었다.

어둠 속에 뭔가가 보였다. 두 사람이 뒤엉켜 싸우고 있는 것 같았다.

달려가 보니 웅우와 개장수가 몸싸움을 하고 있었다. 아니, 몸싸움이라기보단 웅우가 일방적으로 얻어맞고 있었다.

웅우는 할아버지의 노트북을 두 팔로 꼭 끌어 안고 있었고, 개장수는 시뻘게진 눈으로 웅우를 발로 마구 짓밟았다.

개장수는 팔과 다리에 두툼한 각반을 차고 있었다. 개들에게 물리지 않으려고 철저히 준비해서 온 것 같았다. 감전주의 팻

말이 붙은 고압선에는 두툼한 이불이 몇 겹 걸쳐 있었다. 개장수는 그렇게 해서 감전되지 않고 침입한 것이 분명했다.

"내놔!"

"안 돼요!"

개장수가 응우를 마구 걷어찼다. 응우는 노트북을 빼앗기지 않으려고 안간힘을 썼다. 만신창이로 얻어터졌는데도 악바리같이 버텼다.

흥분한 개장수가 응우를 깔고 앉아 목덜미를 두 손으로 짓눌렀다.

"새끼가…… 말을 안 들어처먹어. 전에도 그러더니 지금도 그러네? 죽어 볼래?"

"저리 비켜!"

나는 고함을 지르며 개장수에게 달려들었다. 개장수는 등 뒤에서 덮친 나를 떨궈 내려고 몸을 흔들었다. 개장수의 팔꿈치가 내 옆구리를 찍었다.

"헉!"

숨이 콱 막히고 갈비뼈가 으스러지듯 아팠다. 바닥에 나동그라진 나는 다시 개장수에게 달려들었다. 무섭게 짖어대던 개들이 개장수에게 달려들었다.

"물어!"

나는 강아지들에게 소리쳤다. 강아지들이 개장수의 팔과 다리를 물어도 각반 때문에 이빨이 들어가지 않았다. 개장수가 쇠몽둥이를 꺼내 마구 휘두르며 개들을 쫓아냈다.

그 와중에 개장수는 귀를 물렸는지 피를 질질 흘렸다. 피를 본 개장수는 다시 노트북을 움켜쥔 응우를 발로 차더니 할 수 없다는 듯 고압선 쪽으로 뛰었다. 걸쳐 놓은 이불을 타고 밖으로 넘어간 개장수는 다리를 절룩이며 어둠 속으로 사라졌다.

"응우야, 괜찮아?"

"괘, 괜찮아……."

응우가 비로소 두 팔을 벌리고 축 늘어졌다. 한숨 고르더니 품에 꽉 안고 있던 할아버지의 노트북을 내게 내밀었다.

"낮에 마을에 갔다가…… 두목, 아니 저 개장수를 우연히 만났어."

내가 놀라자 응우가 피식 웃었다.

"솔직히 여기 올 때까지만 해도 난 네가 누군지 몰랐어. 근데 네가 할아버지와 말다툼하면서 소매치기 얘기 하는 걸 보고 그때 알았다."

"그, 그랬구나."

"개장수를 만났을 때 차라리 잘됐다 싶었어. 다시 소매치기나 하면서 살아야지 했는데…… 내 얘기를 듣더니 소매치기 따윈 안 해도 될 큰 건이 있다고 하더라."

"큰 건?"

"너희 할아버지의 연구 노트. 그걸 훔쳐 오면 큰돈을 벌 수 있다고. 앞으로는 돈 걱정 안 하고 배불리 먹고 떵떵거리면서 살게 해 준다고 했어."

"그래서 돌아온 거야? 연구 노트를 훔치러?"

"아니…… 지키러 왔지."

응우가 힘겨운지 바닥에 털썩 드러누워 밤하늘을 보며 말했다.

"나도 미안한 거…… 고마운 거…… 알아. 그래서 지켜주려고 온 거야. 밤새 안 자고 버텼는데 깜빡 잠든 사이에 개장수가 들어왔나 봐. 벌써 노트북을 훔쳐서 도망치려는 걸 내가 막았어. 어때? 이만하면 열심히 잘 싸웠지? 그리고…… 지켰어."

"그래…… 고맙다."

나는 응우에게 손을 내밀었다. 응우가 내 손을 잡고 말했다.

"이제 빚은 갚았다."

네 잘못이 아니야

개장수가 다시 찾아왔다. 개에게 물렸던 귀에는 반창고가 붙어 있었다. 웬일로 말끔한 정장 차림이었다. 개장수는 내게 말했다.

"할아버지한테 비즈니스로 찾아왔다고 말씀드려."

"싫은데요."

나는 개장수를 노려보았다.

"너는 할아버지가 만든 작물을 마을 사람들에게 나눠 줬잖아? 더 많은 사람들이 굶주림에서 벗어나게 하고 싶은 거 아냐?"

"그건 맞아요."

"그럼 할아버지를 모셔 와."

"어쩌려고요?"

"더 많은 사람들이 할아버지의 기적을 맛볼 수 있게 해 주려고 그런다."

나는 개장수가 미심쩍었지만 할아버지에게 가서 말했다.

"훔치려다 안 되니까 뭐, 비즈니스?"

할아버지가 개장수에게 호스로 물을 뿌렸다. 개장수는 물벼락을 맞고 홀딱 젖었지만 돌아가지 않았다. 대문 앞에서 할아버지에게 소리쳤다.

"연구 노트를 기업에 팔 수 있도록 다리를 놓아 드리려고 합니다. 혼자서 손바닥만 한 땅에서 길러 봐야 수확이 얼마나 되겠어요? 대기업에서 인수하면 엄청난 양의 생산량이 나올 거예요. 그럼 모든 사람들이 먹을 수 있습니다."

나는 개장수의 말이 솔깃했다.

"물론, 영감님. 아니, 할아버지, 음…… 박사님인가? 아무튼 큰돈을 벌 수도 있는 기회예요."

"돈? 내가 돈 때문에 이러는 줄 알아? 당장 꺼져, 이놈아!"

"따님과 손자 생각도 하셔야죠. 영감님, 아니 박사님, 연세도 있으신데 더 늙고 병들면 누가 돌봅니까? 돈이 있어야죠."

"꺼져!"

할아버지가 다시 물을 뿌렸다. 개장수는 짜증을 내며 물기를 털었다.

"다시 올게요."

며칠 후 개장수는 고급 승용차를 타고 다시 찾아왔다. 이번 엔 대기업 이사라는 남자와 함께였다.

이사가 명함을 내밀었다.

"저희가 선생님의 연구를 사겠습니다. 얼마를 원하시든 최대한 맞춰 드리겠습니다. 평생, 아니 대대손손 부자 소리 들으면서 살 수 있습니다."

"평생? 그런 게 어딨어? 한치 앞도 모르는데…… 이 세상은 당장 내일 망할지도 몰라. 당장 돌아가시오!"

할아버지는 매몰차게 거절했다.

"선생님, 다시 한번 생각해 보세요. 혜안을 갖고 이런 연구를 해오신 데에는 인류애라든가 휴머니즘이라든가…… 뭔가 큰 뜻이 있었을 것 아닙니까? 이제 그 뜻을 이루셔야죠. 조건이 있다면 말씀하세요. 가난한 나라에 먼저 작물을 풀까요? 아니면 굶주린 아이들이라든가……."

"기업이 자선사업을 하시겠다? 그
말을 누가 믿어? 번드르르한 말로
날 속이고 내 연구로 돈 벌 궁리나
하겠지."

할아버지는 다시 호스 물을 뿌려
대기업 이사와 개장수를 쫓아냈다.

봉구 아빠와 마을 사람들도 소문을 듣
고 찾아왔다. 할아버지에게 무릎 꿇고 사과했다.

"저희가 너무 배가 고프고 힘이 들어서…… 큰 죄를 지었습
니다. 부디 용서해 주세요. 그리고 부탁입니다. 제발 파세요."

"떡고물이라도 얻어먹기로 했나?"

"아뇨. 우리는 그저…… 대기업이
관리하면 더 많은 사람들이 먹을
수 있게 될 테니까…… 그래서
부탁드리는 거예요."

할아버지는 외면했다. 봉구
아빠는 계속 사정하다가 힘없이
돌아갔다.

며칠 후 개장수가 과학자와 교수, 박사님들을 데리고 왔다.

할아버지는 그들을 보자 이제까지와는 달리 더 크게 화를 냈다.

"날 무시하고 비웃고 조롱하더니 여긴 왜 찾아왔지? 돌아가시오!"

그러자 뒤에 있던 검은 안경을 쓴 남자가 앞으로 나섰다.

"저는 정보국에서 나왔습니다."

"정보국?"

"선생님의 연구가 혼자만의 것이라고 생각하십니까? 인류를 굶주림에서 해방시킬 수 있는 귀한 연구를 혼자 품고 있는 게 얼마나 부도덕하고 비윤리적인 행동인지 생각해 보십시오."

"뭐, 뭐라고? 언제는 날보고 미쳤다고 난리더니…… 이젠 비윤리적이라고?"

할아버지의 눈이 시뻘게졌다. 호흡이 가빠지더니 뒷목을 잡고 휘청거렸다.

"다 필요 없으니 돌아가!"

지하 연구실로 들어간 할아버지는 며칠 동안 나오지 않았다. 하루, 이틀, 사흘, 일주일이 지나도 나오지 않자 걱정이 됐다.

내려가 보려고 했지만 안에서 문을 잠가 버렸는지 열리지 않았다. 문을 두들기며 할아버지를 불렀지만 대답이 없었다.

"무슨 일 있는 거 아냐?"

"뜯어야겠어."

엄마가 긴 쇠막대기를 들고 왔다. 소미는 호미를 들고 왔고 웅우는 삽을 들고 왔다. 우리는 문을 뜯어 보려고 했지만 도무지 열 수가 없었다.

"진짜 무슨 일 생긴 거 아냐?"

엄마가 불안해했다.

"부도덕하고 비윤리적이라는 말에 충격 받으신 것 같아."

"하여튼 어린애처럼 남의 말에 상처도 잘 받아."

엄마가 투덜댔다.

우리는 안으로 들어갈 방법을 궁리했다.

"아, 환풍구!"

지하실이니까 공기가 필요할 것이다. 반드시 주변에 환풍구가 있을 것이다. 우리는 정원 주변을 샅샅이 뒤졌다. 얼마 후 철조망 쪽의 수풀에서 무성한 나뭇잎에 가려진 환풍구 하나를 찾왔다. 환풍구 철망은 잡아당기기만 해도 쉽게 뜯어졌다.

나는 환풍구 안으로 기어들어 갔다. 몸이 간신히 빠져나갈 수 있을 만큼의 둥근 원통형 환풍구가 지하 연구실로 이어져 있었다.

나는 바닥을 기었다. 팔꿈치가 아팠지만 그런 걸 신경 쓸 틈이 없었다.

얼마 후 연구실 천장에 도착했다. 환풍구 철망은 간단히 들어 올리기만 하면 되는 구조였다.

천장에서 연구실을 내려다보니 할아버지가 바닥에 쓰러져 있었다.

"하, 할아버지!"

나는 천장에서 책상 위로 뛰어내렸다. 쿵 소리가 났지만 할아버지는 반응이 없었다. 바닥에는 하얀 플라스틱 약통과 알약들이 흩어져 있었다. 물을 마시려다 떨어뜨린 건지 유리컵도 깨져 있었다.

달려가 부축해서 일으키려고 보니 할아버지는 의식이 없었다. 며칠 사이에 할아버지 얼굴이 홀쭉해졌다. 하얀 수염이 턱과 뺨을 뒤덮었고 볼은 움푹 패였다.

나는 지하 연구실 문을 열어 엄마와 소미, 응우가 들어오게 했다.

"어, 어떡하지?"

"벼, 병원. 구급차부터 불러야지."

엄마가 전화를 하려는데 할아버지가 가늘게 눈을 뜨더니 떨리는 목소리로 말했다.

"하, 하지 마라…… 소용없다."

"소, 소용없다뇨?"

그때 약병을 살펴보고 있던 웅우가 말했다.

"이거 항암제하고 진통제야."

"뭐?"

"네가 어떻게 알아?"

"우리 엄마도 이거 먹었어. 돌아가시기 전까지…… 이게 제일 센 약이라고 했는데?"

웅우의 말에 우리는 더욱 놀랐다.

처음 할아버지가 앓고 있는 걸 봤던 날이 기억났다. 그땐 할아버지 말대로 그냥 감기인 줄만 알았다. 그런데 아니었던 거다.

"암이에요?"

엄마가 충격 받은 얼굴로 물었다. 금방이라도 울음이 터질 것 같았다.

할아버지가 천천히 고개를 끄덕였다.

"그럼 병원에 있어야지 왜 여기 있어요?"

엄마가 화를 냈다.

"알았을 땐…… 이미 늦었다."

엄마가 깊은 한숨을 쉬며 두 손으로 얼굴을 가렸다. 그러더니 다시 물었다.

"얼마나 남았대요?"

"그건 모르지."

"아무튼 병원 가요. 더 좋은 병원으로…… 큰 병원으로 가요."

"됐다. 늦은 건 늦은 거야."

할아버지가 힘겹게 몸을 일으켰다. 손짓으로 약을 달라고 해서 알약을 삼켰다. 잠시 후 숨을 고른 할아버지가 통증이 견딜 만해졌는지 몸을 일으켜 침대로 가서 앉았다.

"나도 어리석었어. 처음 암이라는 걸 알고 치료를 했지. 다 나았다고 할 때만 해도 걱정하지 않았다. 발견 즉시 치료하면 된다고 생각했거든. 내겐 시간이 많이 남았다고 생각했다. 암 따위로 죽는 건 아주 먼 훗날의 일이라고 생각했지. 이렇게 갑자기 또 암이 생기고 이렇게 급히 번질 줄은 몰랐어. 그러니 남

들 탓할 자격이 없지. 세상이 이렇게 빨리 변할 줄 누가 알았겠
니.”

“하, 할아버지…….”

“민달아, 며칠 동안 생각해 봤는데…… 연구 노트를 주기로
했다.”

“네? 정말요?”

“응.”

“왜요? 갑자기? 할아버지가 부도덕하다고 해서요? 비윤리적
이라고 해서 충격 받으신 거예요?”

“아니.”

“그럼요?”

“너 때문이다.”

“저요?”

“그동안 난 계속 고민하고 있었다. 세상 따윈 망해 버려도
좋다. 아니다, 그래도 내 연구를 공유해서 사람들을 구해야 한
다. 두 마음이 서로 싸우고 있었지. 그러다 네가 왔다. 아낌없
이, 아무 고민 없이…… 모든 사람을 구해야 한다고 주장하는
널 보며 난 속으로 생각했다. 어쩌면 네 말이 맞는지도 모른다
고…… 그래서 계속 널 시험했지. 네가 다른 마음을 품게 되기

를…… 아니, 계속 변하지 않기를 바라면서 말이다."

"……."

"나는 미래를 준비하지 않는 사람들에게 화가 많이 나 있었다. 하지만 사실은 나도 마찬가지였어. 암에 걸려 죽을 거라곤 상상도 못 하고 있었지. 내 몸 하나 지키지 못하면서 세상을 지키지 않았다고 사람들에게 화를 내고 있었어."

"……."

"나를 조롱하고 비웃고 무시하던 사람들, 나한테 해를 끼치려는 사람들…… 어리석은 사람들…… 다 용서하려고 한다. 대신에 조건이 하나 있다."

"뭔데요?"

할아버지가 나를 빤히 쳐다봤다. 나는 마른침을 삼켰다. 아까부터 걱정이 가득한 얼굴로 떨고 있는 소미의 손을 꽉 잡았다.

"너도 이젠 소미를 보내줘라."

"네? 그, 그게 무슨 말이에요?"

"네가 먼저, 소미를 그렇게 만든 사람들을 용서한다면…… 나도 그렇게 하마."

나는 할아버지가 무슨 소리를 하는지 이해할 수 없었다.

"소미를 그렇게 만든 사람들이라뇨? 전 할아버지가 무슨 말을 하는지 모르겠어요. 너도 그렇지, 소미야?"

나는 소미를 바라봤다.

소미는 그냥 우두커니 서 있을 뿐 아무 말도 하지 않았다. 소미가 고개를 숙였다. 나는 소미의 손을 잡은 채 무릎을 꿇고 소미와 눈을 마주했다.

"우는 거 아니지?"

"이걸 봐라."

할아버지가 노트북을 펼쳐서 내게 주었다. 준비된 동영상이 나왔다.

할아버지가 플레이 버튼을 누르자 영상이 재생되기 시작했다.

검은 상복을 입고 울고 있는 엄마와 그런 엄마를 다독이며 감싸안은 아빠의 슬픈 얼굴.

화로가 보이는 유리창에 온몸으로 달라붙어 오열하고 있는 나.

맨 뒤 복도 벽에 붙어 서 있다가 벽을 쓸며 주저앉아 입을 벌린 채 멍하니 있는 할아버지.

소미의 이름이 적힌 유골함.

나무 아래 고개를 숙인 채 눈물을 흘리고 있는 가족의 모습.

나는 정신이 아찔해졌다.

그래, 맞다.

나는 소미의 손을 잡고 대형 마트 앞에 서 있었다. 거리엔 식량을 달라고 외치며 피켓을 들고 시위하는 사람들과 해산하라며 확성기를 들고 외치는 경찰이 있었다.

다른 무리의 사람들은 마트를 털기 위해 좀비처럼 달려들고 있었다.

나는 소미의 손을 꽉 쥐고 있었지만 소미는 내 손을 뿌리치고 무리를 향해 뛰어갔다.

"우리도 가자, 오빠."

"안 돼!"

"배고프잖아. 엄마가 좋아하는 거 가져오자. 빨리 가야 돼."

"안 된다고!"

나는 소미를 잡으려고 뛰어갔다. 하지만 마트를 털려는 사람들에게 치여 나도 소미도 넘어졌다. 내 몸을 차고, 밟고, 내 몸 위로 넘어지는 사람들 때문에 숨도 쉴 수 없었다.

두 팔로 머리를 감싼 채 소미를 불렀다. 무수히 많은 발들 사이로 소미가 사라졌다. 그리고 그 위로 사람들이 넘어져 산처럼 쌓였다.

"소, 소미야!"

나는 두 개의 여행 가방 앞에 섰다. 소미의 가방을 열었다. 소미가 좋아했던 장난감과 옷가지. 그날의 흔적이 남은 소미의 운동화가 놓여 있었다. 짓밟히고 구겨진 운동화를 들어 가만히 안았다.

그동안 엄마는 소미가 살아 있는 것처럼 행동하는 나를 보며 얼마나 마음이 아팠을까?

베란다 화분에 물을 주던 소미, 신발장 앞에서 울던 소미, 강아지 사료도 먹을 수 있지 않냐던 소미, 방파제에서 엄마 옆에 붙어 있던 소미, 흩날리는 머리를 묶어 주었던 소미…….

엄마도, 할아버지도 내가 소미가 살아 있는 것처럼 말하고 행동하는 걸 보며 아파했을 거다.

소미의 머리를 묶어 달라고 하는 날 보며 웅우는 얼마나 놀랐을까?

방파제에서 바다를 바라보며 하염없이 앉아 있던 엄마는 어쩌면 소미를 보고 있었는지도 모른다. 그리움으로, 슬픔으로, 그리고 내 걱정으로.

그날 내가 소미의 손을 놓치지 않았다면 어땠을까? 아니, 어쩌면 나도 소미처럼 배가 고파서 그랬는지 모른다. 마트를 습격하는 사람들처럼 나도 닥치는 대로 무언가를 주워 먹고 싶었는지 모른다. 그래서 나도 모르게 손을 놓아 버린 것인지도 모른다. 그래서, 소미는 그렇게 떠났다. 하지만 엄마와 할아버지는 내게 말했다.

"그건 네 잘못이 아냐."

모두가 비웃어도

자동차들이 몰려왔다. 할아버지와 나는 차에서 내리는 개장수와 대기업 임원, 정보국, 그리고 교수와 박사들을 바라보았다.

"여기서 기다려요. 저 영감, 아니…… 선생과 대화는 내가 합니다. 깝치지 말고 기다리라고요. 연구 노트 안 받고 싶어요?"

개장수가 데려온 사람들 앞에서 설쳐댔다. 양복 옷깃을 여미고 쓸데없이 폼 잡으려고 쓴 선글라스를 매만지며 다가오는 개장수를 보면서 할아버지는 내게 물었다.

"우리가 구하려는 모든 사람들 속에는 소미를 죽인 사람도 있다."

"알아요."

"후회 안 하지?"

"네."

"역시 넌 멍청해."

"그럼 할아버지도 이젠 멍청해진 거예요."

할아버지가 내 손을 꽉 쥐었다. 그리고 들고 있던 노트북을 개장수에게 내밀었다.

개장수는 노트북을 받아들고 손으로 보물처럼 쓰다듬더니 만족스럽게 미소 지었다.

"정말 아무 대가 없이 이걸 넘겨준다는 거예요? 나중에 딴 말 없기예요?"

개장수가 다짐을 받겠다는 듯 되물었다.

"약속만 잘 지켜."

"대가 없이 주었으니 생산된 식량을 대가 없이 푼다. 딱 이거 하나죠?"

"그래."

"후…… 진짜 성인 나셨네. 나중에 교과서에도 실리겠어요?"

개장수가 안경을 내리고 할아버지와 나를 보며 알 수 없는 미소를 지었다.

"그럼 저는 이만……."

개장수가 돌아갔다. 목이 빠지게 기다리던 사람들이 개장수 주위로 몰려들었다.

"사진이라도 찍어요. 내가 아니었으면 당신들은 이런 게 있는 줄도 몰랐을 거 아냐?"

개장수는 한껏 들떠서 노트북을 치켜든 채 영웅이라도 된 듯 으스댔다.

엄마는 방파제에 나가 돌을 쌓았다. 한 개의 돌을 들어 올려 쌓을 때까지 한참의 시간이 걸렸다. 나는 지켜보다가 돌을 하나 들고 올라갔다. 엄마가 쌓아 놓은 돌 옆에 두었다.

"뭐 하러 왔어. 힘들어. 하지 마."

"소미도 없는데…… 나라도 도울게."

엄마가 말없이 나를 쳐다보더니 울먹이는 얼굴로 나를 안았다. 엄마의 심장이 뛰는 소리가 온몸으로 느껴졌다.

"고마워……."

"걱정하게 해서…… 미안해."

나는 엄마에게서 떨어져 옆에 앉았다. 아무도 도와주지 않는 이 일을 엄마는 언제까지 할까? 이렇게 한다고 뭐가 달라지긴 할까?

할아버지가 느꼈던 고통을 엄마가 고스란히 느낀다고 할아버지가 좋아할까?

먼바다를 엄마와 함께 오랫동안 지켜보았다.

먼 훗날에야 닥칠 일이라고 생각했던 것들이 어쩌면 먼 훗날이 아닐 수도 있다는 걸 미리 알았더라면 뭐가 달라졌을까?

바람에 일렁이는 바다는 아무 대답도 없었다.

응우가 강아지 밥그릇에 사료를 부어 주고 먹는 것을 지켜보고 있었다.

"너 진짜 그렇게 생각해?"

옆에 와서 앉은 나에게 응우가 물었다.

"뭘?"

"모든 사람들이 굶지 않았으면 좋겠다는 말, 그 속에는 나처럼 못된 놈도 포함된다는 말. 진심이냐고?"

"진심이야."

"너한테 거짓말한 게 있어."

"뭔데?"

"나 사실은…… 한국 사람 아냐. 식량난민이 맞아."

"뭐?"

"아빠는 남들보다 일찍 알아차렸어. 고향에 남아 있다간 바다에 빠져 죽거나 굶어 죽을 거라고. 빨리 한국으로 가야 한다고…… 그래서 한국에 왔고…… 돌아가야 할 때에 돌아가지 않았어. 그러니까 엄밀히 말하면 불법체류자야."

"그럼 엄마가 암으로 돌아가셨다는 건? 그것도 거짓말이야?"

"그건 진짜야. 그러니까 이제 다시 말해 봐. 이런 나도 모든 사람에 포함되는 거냐?"

응우가 나를 빤히 쳐다봤다.

"응."

"왜?"

"원래 세상엔 착한 사람보다 못된 사람이 훨씬 더 많아. 그리고 우리는 그런 거 안 가리고 자기의 재능을 쓴 사람들 덕분에 살아가고 있는 거야. 난 그런 사람이 되고 싶어."

응우가 고개를 끄덕였다.

"그게 진심이라면 넌 좀 멋있는 사람 같아. 너희 할아버지도 그렇고."

5개월 후.

할아버지는 거처를 지하 연구소에서 집으로 옮겼다. 저녁이면 식탁에 앉아 함께 식사를 했다. 응우가 폰을 보다가 깜짝 놀라서 우리에게 화면을 보여 주었다.

"이것 좀 보세요!"

뉴스를 앵커가 상기된 얼굴로 말했다.

세계적인 다국적 기업 바이오하베스트가 미래 식량 연구 개발을 마치고 퓨처크롭스를 출시한다고 발표했습니다. 퓨처크롭스는 햇빛이 없어도 작물을 키울 수 있으며 인공 토양과 비료를 사용하여 어떤 악조건 속에서도 작물을 생산할 수 있습니다. 또한 기존 농작물보다 최대 열 배 이상의 빠른 성장 속도를 자랑합니다. 이로써 인류가 맞이한 식량 위기를 극복할 수 있을 것으로 예상하고 있습니다. 한편, 핵심 개발자인 강철상 씨는 재난 이전부터 식물유전자 연구소를 독자적으로 설립하고 퓨처크롭스를 개발해 왔습니다.

자료 화면에 나온 바이오하베스트 본사와 연구소 모습에 이어 개장수 얼굴이 튀어나오자 우리는 경악했다.

"개장수가 졸지에 책임연구원으로 둔갑했네?"

이어서 앵커가 계속해서 말했다.

이번에 출시되는 작물은 수박보다 큰 딸기와 슈퍼 사과입니다. 가격은

1.2달러이며 전 세계의 모든 대형 마트와 온라인에서 구매할 수 있습니다.

우리는 또 한 번 놀랐다.

잠시 침묵이 이어졌고 웅우가 제일 먼저 흥분해서 소리쳤다.

"공짜로 나눠 주기로 약속했잖아? 어떻게 그걸 돈 받고 팔아? 1.2달러라고? 그리고 개장수 저놈은 뭐야? 어떻게 남의 연구를 가로채? 뭐? 자기가 개발했다고? 개사기꾼!"

할아버지는 숟가락을 내려놓았다. 엄마가 항암제 알약을 할아버지에게 물컵과 함께 주었다. 할아버지 눈치를 살피고 내 눈치도 살폈다.

"민달아, 따지러 가자. 아니, 당장 전화부터 해. 바이오하베스트 회사 명함 있지?"

나는 명함에 적힌 번호로 전화했다.

한참 만에 전화를 받았다. 개장수와 함께 왔던 임원이었다.

"방금 뉴스를 봤어요. 약속과 다르잖아요? 그리고 연구는 우리 할아버지가 하신 거잖아요? 왜 거짓말을 해요?"

듣고만 있던 임원이 말했다.

"약속이라니? 나는 네가 누군지 모르겠구나. 왜 자꾸 이상한

소리를 하지?"

"헐."

전화가 끊겼다.

나는 개장수에게 전화했다.

"처음부터 이럴려고 한 거예요? 왜 거짓말을 해요? 약속 지켜요!"

"억울한 게 있으면 고소하든가. 우리는 다국적 거대기업이야. 싸워서 이길 수 있을 것 같니?"

개장수가 먼저 전화를 끊었다.

응우가 흥분해서 날뛰었다.

"처음부터 불안했어. 약속을 지킬 거라 믿은 게 잘못이야. 어떡하지?"

나는 식탁에서 일어나 내 방으로 가서 여행 가방을 열었다. 그리고 소중히 숨겨둔 메모리를 꺼내 돌아왔다. 식탁 위에 메모리를 내려놓고 할아버지에게 말했다.

"혹시나 해서 복사본을 만들어 놨어요."

"아, 다행이다. 잘했어. 정말 잘했어."

엄마가 가슴을 쓸어내렸다.

"민달이가 이제야 사람을 대하는 방법을 깨달았구나. 제법이야!”

할아버지가 나를 보고 웃었다.

“그럼 이걸로 진실을 밝힐 수 있겠네요?”

웅우가 보석을 바라보듯 메모리를 손가락으로 집어 들고 말했다.

“굳이 밝힐 필요 없다.”

“네?”

“그들이 제발로 찾아올 거야.”

“왜요?”

할아버지는 여유만만한 얼굴로 우리를 둘러봤다. 그리고 의자에 걸쳐 놓은 옷에서 수첩을 꺼냈다. 세월의 흔적이 묻은 낡은 표지의 두툼한 수첩이었다.

“나도 다 주진 않았다.”

우리는 절벽에서 떨어지다가 다시 몸이 날아오르는 기분이었다.

“노트북에 있는 연구 자료는 일부분이고 진짜는 여기에 다 들어 있다.”

“이렇게 될 줄 예상하셨어요?”

“난 인간을 안 믿어. 더구나 개장수와 다국적 기업이라니…… 내가 계약서도 없이 말로만 약속하고 노트북을 내줄 때 그들의 눈빛을 봤니?"

"그럼 이럴 줄 알면서도 주신 거예요? 왜요?"

"모든 사람을 먹일 만큼 생산량을 내려면 천문학적인 돈이 필요해. 수천만 평 이상의 농지를 관리할 수 있는 대규모 시설과 관련 물품을 만들 공장과 전문 연구원과 많은 인력이 필요해. 절대로 개인이 할 수 있는 일이 아니다."

"그럼 시설부터 만들게 하려고요? 와, 그럼 할아버지가 오히려 회사를 이용한 거네요?"

"그렇지."

할아버지가 소리내서 웃었다. 우리도 웃었다. 할아버지는 웃다가 기침을 했다. 할아버지는 건강이 많이 안 좋아졌다. 우리가 걱정해서 다가가려 하자 손을 내밀며 괜찮다고 했다.

"그럼 계속 돈 받고 팔게 할 거예요? 공짜로 나눠 주기로 한 약속은 지키게 해야죠?"

"터무니없는 가격만 아니라면 내버려 둬야지. 기업은 자선단체가 아니야. 투자한 돈은 회수하게 해 줘야지. 어쨌든 사람들이 싼 가격으로라 뭐라도 먹을 수 있게 됐으니 좋은 일 아니냐?"

우리는 모두 고개를 끄덕였다. 그러다 나는 다시 걱정이 됐다.

"정말 그들이 찾아올까요?"

"올게다."

할아버지 말대로 바이오하베스트 회장이 임원들과 함께 찾아왔다. 가짜 연구원 개장수가 이번에도 같이 따라왔다. 우리는 눈빛으로 개장수를 무섭게 쏘아보았다. 개장수가 시선을 외면했다.

침묵이 흘렀다.

"작물이 더 이상 자라지 않아요."

회장이 먼저 입을 열었다.

"먼저 사과부터 하시죠?"

내가 말했다. 회장이 각오하고 왔다는 듯 천천히, 최대한 정중하게 고개를 숙였다.

"죄송합니다. 도와주십시오."

"먹튀하려고 했어요."

내 말에 따라온 임원이 깜짝 놀란 듯 털썩 무릎을 꿇었다.

"제 잘못입니다."

"전화해도 모른 척했어요."

다른 임원이 또 무릎을 꿇었다.

"미, 미안하다."

"할아버지 연구를 가로채서 자기가 했다고 거짓말했어요."

개장수는 움찔했다. 회장과 임원들이 고개를 들어 쏘아보자 할 수 없이 개장수도 무릎을 꿇었다.

"미, 미안합니다."

할아버지가 수첩을 꺼내 들고 모두에게 일어나 앉으라고 했다.

"문제를 해결할 방법과 쌀과 밀을 비롯해 새로운 품종 수십 가지, 기타 내 연구의 모든 성과가 여기 들어 있습니다."

모두가 보물을 보듯 마른침을 삼키며 할아버지의 수첩을 바라보았다.

"이걸 드리겠습니다. 단, 조건이 있습니다."

"……뭡니까?"

"슈퍼크롭스에 대한 모든 사항의 최종 결정권자는 내 손자, 민달이가 되어야 합니다. 민달이 허락 없이는 아무것도 할 수 없습니다."

"네에?"

모두가 깜짝 놀랐다.

"만약 이를 어기면 민달이는 모든 자료를 수거하고 새로운 회사를 만들 겁니다. 그 비용은 미리 지불해 주세요."

할아버지가 금액을 적어 보이자 회장과 임원 모두가 입이 쩍 벌어졌다.

"이건 너무 크지 않습니까?"

"우리가 갖겠다는 게 아닙니다. 약속만 잘 지키면 회사에 돌려드릴 겁니다."

"인질인 셈이네요?"

응우가 잔뜩 상기된 얼굴로 끼어들었다. 할아버지가 고개를 저으며 바로잡았다.

"담보!"

생각할 시간을 달라고 한 뒤 모두가 돌아갔다. 그리고 며칠 지나지 않아 그들은 다시 찾아왔다. 모든 조건에 동의한다고 했다.

이번에는 변호사들이 여러 명 함께 왔다. 할아버지도 변호사를 데려와 계약서를 아주 꼼꼼하게 살피고 또 살폈다.

마침내 할아버지는 수첩을 회사에 넘겼다.

나는 바이오하베스트 본사로 가서 슈퍼크롭스 회의에 참석

했다.

회의실에 개장수가 아직도 개폼을 잡고 앉아 있었다. 나는 첫 번째 지시사항으로 개장수를 해고하라고 했다. 개장수는 바락바락 악을 쓰며 버티다가 보안 요원에게 끌려 나갔다.

나는 모든 연구의 진짜 주인은 할아버지라는 사실을 널리 알리도록 했다.

할아버지를 무시하고 조롱했던 교수와 박사들을 연구원으로 채용하고, 마을 주민들을 생산 시설에서 일할 수 있도록 했다.

슈퍼크롭스 중에서 쌀과 밀과 옥수수, 채소 등은 무료로 제공하고 몇 가지 품목은 회사가 손해를 보지 않을 만큼의 가격으로 팔 수 있도록 정했다.

식량배급소에 슈퍼크롭스라고 적힌 트럭들이 달려와 농작물을 내렸다. 굶주린 사람들이 줄을 서서 작물을 받았다.

식량난민 수용소에도 농작물이 배급되었다. 기뻐하며 환호하는 사람들을 보니 마음이 뿌듯했다.

대형 모니터가 가득 채워진 중계실에서 모니터로 전 세계의 농지가 비춰졌다. 벼와 밀과 옥수수와 사탕수수가 풍성하게 자라는 모습을 실시간으로 보았다.

할아버지는 건강이 많이 안 좋아지셨다. 엄마는 휠체어에 앉은 할아버지와 함께 산책을 자주 했다. 나도 함께 산책을 나갔다.

우리는 바람 부는 방파제에서 광활한 바다를 바라보았다.

"모두가 할아버지를 비웃는데 어떻게 포기하지 않을 수 있었어요?"

내가 물었다.

할아버지는 입가에 희미한 미소가 떠올랐다.

"내 딸…… 내 손주들을 생각했지. 그들의 자식과 그들의 자식이 살아갈 날을……."

나는 할아버지의 손을 꼭 잡았다.

할아버지가 내게 했던 심술궂은 말과 냉혹한 행동은 모두 나의 진심을 확인하고 싶어서였다는 걸 다시 한번 느꼈다.

"할아버지는 땅을 구하셨어요. 그래서 저는 바다를 구하고 싶어요."

"바다?"

"네."

"그게 되겠니?"

"이제부터 시작하면…… 언젠가는 될 거예요."

"모두가 비웃을 텐데?"

"저도 할아버지처럼 하면 되죠."

하늘이 황혼에 물들었다. 바다는 다시 살아날 날을 기대하듯 잠잠하고 고요했다.

어느덧 밤하늘에 별이 떴다.

끝까지 모든 사람을 돕겠다는
마음을 이어갈 수 있을까요?

우리 주변에는 강아지를 싫어하는 사람이 있듯, 인간을 싫어하는 사람도 있습니다. 처음엔 '사람이 사람을 싫어한다니, 그게 말이 돼?'라고 생각할지 모릅니다.

하지만 그들의 이야기를 들어보면 고개를 끄덕이게 되는 이유가 있기 마련입니다.

이 작품에 등장하는 할아버지도 인간을 싫어합니다. 환경을 걱정하며 슈퍼 작물을 연구했지만 돌아온 것은 비웃음과 조롱뿐이었기 때문입니다. 인간을 믿지 못하게 된 할아버지는 인류를 살릴 수 있는 새로운 작물을 개발하고도 그것을 나누려 하지 않습니다.

반면 주인공 민달이는 모든 사람을 돕고 싶어 하는 따뜻한 마음의 소유자입니다. 완고한 할아버지의 시험을 겪으며 민달이는 '모든 인간' 속에 '악한 사람'도 포함된다는 사실과 마주하게 됩니다.

과연 민달이는 끝까지 모든 사람을 돕겠다는 마음을 이어갈 수 있을까요?

기후 변화로 환경이 파괴되고 식량 부족과 전쟁을 피해 떠도는 난민이 늘어나며 그들에 대한 혐오가 일상이 되는 날이 생각보다 빨리 찾아올지도 모릅니다. 그런 날이 오면 정부와 기업, 어른과 어린이 모두가 도덕적 딜레마 앞에 서게 될 것입니다.

우리는 그때 무엇을 선택해야 할까요?

그리고 지금, 어떤 생각과 행동으로 그날을 준비해야 할까요?

민달이와 할아버지의 이야기를 통해 지구와 인간의 미래에 대해 더 깊이 고민할 수 있기를 바랍니다. 우리의 작은 실천이 모여 다가올 미래는 이 책에 나오는 세상과는 전혀 다른 희망으로 가득하길 바랍니다.

이병승

비밀 정원의 기적

ⓒ 이병승 · 최산호, 2025

초판 1쇄 발행 2025년 1월 2일

지은이 이병승   **그린이** 최산호
펴낸이 김혜선   **펴낸곳** 서유재   **등록** 제2015-000217호
주소 (우)04034 서울 마포구 잔다리로7길 18(서교동 377-20) 504호
전화 070-5135-1866   **대표메일** seoyujaebooks@gmail.com
종이 엔페이퍼   **인쇄** 성광인쇄

ISBN 979-11-89034-93-1 73810

★ 어린이 안전 특별법에 의한 제품 표시

① 품명: 도서 ② 제조자명: 서유재 ③ 주소: 서울 마포구 잔다리로 7길 18
④ 연락처: 070-5135-1866 ⑤ 최초 제조년월: 2025년 1월 ⑥ 제조국: 대한민국 ⑦ 사용연령: 8세 이상